novum pro

Verena Huber

DIE ZERSTÜCKELTE LIEBE

novum pro

www.novumverlag.com

Bibliografische Information
der Deutschen Nationalbibliothek:

Die Deutsche Nationalbibliothek
verzeichnet diese Publikation in
der Deutschen Nationalbibliografie.
Detaillierte bibliografische Daten
sind im Internet über
http://www.d-nb.de abrufbar.

Alle Rechte der Verbreitung,
auch durch Film, Funk und Fernsehen,
fotomechanische Wiedergabe,
Tonträger, elektronische Datenträger
und auszugsweisen Nachdruck,
sind vorbehalten.

© 2015 novum Verlag

ISBN 978-3-99048-014-4
Lektorat: Isabella Busch
Umschlagfotos: Verena Huber,
Riderofthestorm | Dreamstime.com
Umschlaggestaltung, Layout & Satz:
novum Verlag

Gedruckt in der Europäischen Union
auf umweltfreundlichem, chlor- und
säurefrei gebleichtem Papier.

www.novumverlag.com

1. KAPITEL

„Hör zu, Peter! Mami muss ins Spital, bis das Baby kommt, und Papa muss zur Arbeit. Und Oma und Opa sind in die Ferien gefahren. Nun musst du für ein paar Tage zur Großtante Hedna und Großonkel Hans gehen."

„Die mag ich aber überhaupt nicht!"

„Ich weiß, aber sieh, es geht nun mal nicht anders."

„Ich will nicht!"

„Es ist ja nur für ein paar Tage, drei-, viermal schlafen, dann ist Wochenende und Papa ist hier, und dann holt er dich nach Hause."

„Ich will nicht!"

„Ich weiß. Aber schau, die haben doch Kühe, junge Kälber, Hühner und Zita, den Hund."

„Da stinkt es immer so!"

„Auf einem Bauernhof riecht es nun mal anders als in einem Wohnblock wie bei uns hier."

„Die sind so komisch, ich mag die nicht!"

„Ich weiß, aber Tante Magda ist ja auch noch da."

„Die mag ich auch nicht."

„Komm, die ist doch nicht so schlimm. Sie gibt dir doch immer ein Schokoladenstengeli."

„Ich will nicht!"

„Ich weiß, aber es muss sein. Ich bringe dich heute Nachmittag zu ihnen", bleibt Rosa hart und wendet sich von ihrem Kleinen ab.

Immer resignierter kommt der Protest von Peter. Es zerreißt ihr fast das Herz. Sie will immer nur das Beste für ihn und jetzt das. Peter ist mit seinen sechs Jahren noch nie länger als zwei, drei Tage von ihr getrennt gewesen. Sie weiß, dass er leiden wird. Sie geht in sein Zimmer und packt seine Sachen zusammen. Peter kauert sich in eine Ecke in der Küche und schmollt. Als Rosa zurückkommt und ihn da sieht, stellt sie sich schon die übelsten Szenen vor, wie sie ihn widerwillig an die Hand nehmen, durchs Dorf schleifen und unter Zeter-Mordio-Geschrei abliefern wird.

Rabenmutter!, würden alle denken. Plötzlich schießt ihr ein Gedanke durch den Kopf. Sie könnte das Taxi für sich bestellen, ihn dann abgeben und gleich ins Spital weiterfahren.

Beide bringen am Mittagstisch keinen Bissen hinunter. Sie begnügen sich mit einer warmen Ovomaltine. Rosa will es so schnell wie möglich hinter sich bringen. Sie ruft ein Taxi.

2. KAPITEL

Die Sonne durchdringt den herbstlichen Hochnebel und scheint vom stahlblauen Himmel herab. Vor dem Wohnblock hupt es zweimal.

„Peter, komm, das ist das Taxi. Wir müssen gehen."

„Nimmst du mich jetzt doch mit?"

„Äh, nein, ich bringe dich mit dem Taxi zu Großtante Hedna und Großonkel Hans. Und dann fahre ich weiter ins Spital."

„Niemand hat mich lieb."

„Natürlich haben wir dich alle lieb. Mach es mir bitte nicht so schwer, Peter."

Rosa schießen die Tränen in die Augen. Bloß jetzt nicht heulen!, ermahnt sie sich selber. Sie schnappt sich Peter, zieht ihm Schuhe und Jacke an, als wäre er eine Schaufensterpuppe, dann kleidet sie sich selbst an. Sie schwingt sich die große Badetasche mit Peters Sachen auf die linke Schulter. Mit der rechten Hand zieht sie ihre Reisetasche hinter sich her und so bugsiert sie alles aus der Haustür. Unten geht ebenfalls die Tür auf und ein Mann ruft freundlich das Treppenhaus hoch: „Taxi ist hier!"

„Wir kommen", antwortet Rosa. Widerwillig lässt sich Peter von einem Fuß auf den anderen die Treppe hinunterfallen, als wäre es der schwerste Gang in seinem Leben. Rosa trottet hinterher, Stufe für Stufe.

„Wie alt ist denn dieser Block, dass da noch kein Lift eingebaut ist?"

„Oh, aus den Sechzigern", seufzt Rosa.

„Hallo kleiner Mann", grüßt der Taxifahrer Peter wohlwollend aufmunternd. Erfolglos.

„Wir müssen den Kleinen zu Verwandten bringen, dann können Sie mich ins Spital fahren. Geht das?"

„Aber sicher. Bitte geben Sie mir Ihr Gepäck. Sie sollten bestimmt nicht so schwer tragen in Ihrem Zustand."

„Vielen Dank, Sie haben recht. In der Badetasche sind die Sachen für ihn." Rosa deutet mit dem Kopf auf Peter.

„Verstehe." Der Chauffeur lädt alles in seinen beigefarbenen Mercedes. Dann öffnet er den beiden die hintere Tür mit einer Verbeugung, als würde ein Hofstaat einsteigen. Rosa lotst den Fahrer die kurze Distanz durchs Dorf. Vor einem großen Bauernhaus sagt sie: „Hier ist es."

Tante Hedna schlurft in Gummistiefeln aus der Scheune. Sie grüßt kurz und knapp. Einladend kommt das nicht herüber. „Stell die Tasche auf die Haustreppe. Ich nehm' das Zeug mit rein, wenn wir in der Scheune fertig sind. Du kannst gleich mithelfen", kommandiert sie Peter Richtung Scheune. Nun hat auch die schwerhörige Hündin Zita mitbekommen, dass jemand gekommen ist, und kommt bellend zwischen der Scheune und dem Haus angelaufen. Peter würdigt seine Mutter und den Taxifahrer keines Blickes mehr. Als hätte er eine Tracht Prügel kassiert, verzieht er sich in die Scheune. Rosa bricht fast zusammen. Der Fahrer schätzt die Situation sofort richtig ein. Er stützt sie und hilft ihr ins Auto. Er fährt gleich los, sodass keiner außer ihm mitbekommt, wie Rosa ein Taschentuch aus der Jackentasche kramt und ihrem Schmerz freien Lauf lässt.

Die alte Zita muss sich anstrengen, dass sie Peter folgen kann, obwohl dieser kaum noch langsamer hätte gehen können. Im Halbdunkel erkennt er die Umrisse von Großonkel Hans. Mit einer Mistgabel schiebt er altes Stroh vor sich her wie ein Schneepflug. „Hallo Professor Peter", scherzt er. Peter versteht den Scherz nicht. „Hier hat es nur Staub und Dreck. Geh da hinten raus. Vor der alten Waschküche liegt ein Ball. Da kannst du spielen."

„Gib ihm doch die leichte Heugabel. Arbeit ist die beste Medizin gegen Heimweh", keift Hedna durch die Scheune. Hier drinnen hört sich ihre Stimme noch giftiger an als draußen.

„Lass ihn", brummt Hans.

Mit hängendem Kopf grüßt Peter stumm. Er schleicht durch die Scheune, hinten wieder raus und geht den leichten Anstieg hinauf. Auf der einen Seite ist die alte Waschküche mit dem angrenzenden Wagenschopf, auf der anderen Seite die Treppe für den Hintereingang des Hauses. Auf dem Platz liegt ein verbleichter, roter Ball mit weißen Punkten. Das Ding gleicht mehr einer Pflaume als einem Ball. Als Peter dagegen tritt, bleibt der Fußabdruck gleich drin und das Teil kullert schlapp kaum einen Meter weiter. Zita ist die Einzige, die das toll findet. Doofer Hund, denkt Peter. Er geht in den Wagenschopf und erkundet ihn. Außer einem alten Traktor stehen ganz hinten ein Mofa und ein Militärfahrrad. Das findet er schon interessanter. Er kämpft sich durch Kisten und Holzscheite. Mit einem Stecken streicht er die Spinnweben weg, als wären sie giftig. Die Kisten und Schachteln sind verschlossen. Mit dem Stecken bekommt er sie nicht auf. Vielleicht müsste er herausfinden, wo der Großonkel Werkzeug hat und dann könnte er sie öffnen. Das stimmt ihn etwas heiterer. Und er vergisst die Zeit.

3. KAPITEL

„Nachtessen!", dröhnt es aus dem Küchenfenster auf den Hinterhof. Peter zuckt zusammen, als hätte man ihn bei etwas Verbotenem erwischt. Mühsam klettert er nach vorne. Als er aus dem Schuppen kommt, ist es draußen schon ziemlich dunkel. Zita erwartet ihn oben auf der Treppe. Die Tür ist einen Spalt offen. Er geht hinein, schaut sich um und fragt sich, ob er die Schuhe ausziehen soll oder nicht. Es riecht nach Kuhstall und ist ungemütlich kühl. Der Flur erstreckt sich von der Hintertür bis zur Vordertür wie ein langer Tunnel. Gleich links sieht man Licht unter der Tür. Peter öffnet sie. Da stehen die kuhfladenverschmierten Stiefel vom Großonkel. „Bäh", entfährt es Peter.

„Was ist los?" Hedna kommt um die Ecke. Der Holzherd ist angefeuert und gibt Wärme ab. Mitten in der Küche steht ein riesiger Tisch. Rundherum stehen genug Taburette für eine Großfamilie. Hedna zieht Peter die Jacke vom Leib und weist ihn an, sich hinzusetzen. Sie hängt die Jacke an einen Nagel hinter der Tür. Peter reicht der Tisch bis zur Brust. Der Großonkel schlürft aus einer großen Tasse mit dem Suppenlöffel große Brotbrocken, die er vorher kräftig in den heißen Milchkaffee hineingedrückt hat. Ängstlich schaut Peter auf die andere Seite zur Großtante. Muss er etwa auch so etwas essen? Was wird sie ihm wohl hinstellen? Wenn ich das nicht mag, muss ich sicher verhungern, schießt es ihm durch den Kopf. Hedna schiebt ihm einen Teller mit Apfelröschti hin. Oh, das hat er nicht erwartet. Das mag er sogar. Freudig stopft er sich einen Löffel nach dem anderen hinein. Er hat ja heute kaum etwas gegessen und bemerkt erst jetzt, wie hungrig er ist. Plötzlich sitzt die Großtante bolzengerade am Tisch und hört auf zu kauen. Der Großonkel schlürft weiter seine Milchkaffeebrocken. „Pssst!", zischt sie. „Bäh", knurrt er. Peter vergisst zu schlucken und schaut abwechselnd die beiden an. Dann hört er eine Tür klappen. Danach Schritte bis zur Küchentür. Jetzt! Nein. Die Schritte gehen weiter die Holztreppe hinauf auf die andere Seite.

„Wo hat sich die wieder bloß den ganzen Tag herumgetrieben!", faucht die Großtante mit vollem Mund über den Tisch zum Großonkel.

„Ach, lass sie doch", brummt er zurück, ohne den Blick von seiner Tasse zu heben.

Peter folgert daraus, dass das Tante Magda gewesen sein muss. Sie wohnt oben, das weiß er. Da keiner mehr Anstalten macht, dass noch etwas passieren könnte, schluckt auch er wieder und isst auf.

Als der Großonkel aufgegessen hat, steht er auf. In Socken läuft er zu seinen dreckigen Stiefeln, zieht sie an, nimmt seine Melkerbluse vom Nagel und verschwindet.

„Du kannst in der Stube spielen. Ich habe dir die Spielsachen von Ursula vom Estrich geholt und vor den Ofen gestellt. Hans muss nach dem Melken den Stall fertig machen. Ich komme rein, wenn ich die Milch zur Käserei gebracht habe." Peter nickt stumm, rutscht vom Taburett und will in die Stube gehen. Da sieht er, dass er die Schuhe noch anhat. Er will aber nicht mit den Socken auf dem schmuddeligen Steinboden herumlaufen, wo der Großonkel schon mit seinen stinkenden Füßen herumgelaufen ist. Er bleibt stehen, schaut auf die Großtante und dann auf seine Füße.

„Ausziehen!", keift sie, während sie den Tisch abräumt und deutet mit dem Kopf auf die andere Seite. Da sieht Peter seine Tigerfinken vor dem Holzherd. Er rennt hinüber und wechselt seine Schuhe gegen die Finken. Dann rennt er zurück um die Ecke in die Stube. Von der Straßenlaterne dringt etwas Licht durch die dicken weißen Vorhänge. Er tastet die Wand ab und findet einen Lichtschalter. Ein großer Kachelofen steht an der Wand zur Küche. Gegenüber steht wieder so ein riesiger Tisch, umrandet von Stühlen. Vor dem Ofen steht eine Holzkiste mit Spielsachen. Alles durcheinander. Er sitzt auf dem Teppich und stöbert nach etwas, was ihm Spaß machen könnte. Dabei ist er doch zu alt für diesen Krimskrams. Ab und zu hört er Schritte und Stühlerücken von oben. Plötzlich überfällt ihn eine Angst. Er wäre jetzt so gerne bei Mami und Papi gewesen. Er würde auch nicht dazwischenreden, wenn sie miteinander sprechen. Er beißt die Zähne zusammen, aber es hilft nichts. Er fängt an zu weinen. Er denkt nur noch an zu Hause. Er weiß, dass er heute nicht lieb zu Mami gewesen ist. Aber Mami hat schon zweimal ein Baby verloren. Damals war der Bauch zwar nie so dick. Aber er weiß noch, dass es ihr dann immer so schlecht ging. Und er will, dass es ihr gut geht. Er will gar keine Schwester und auch keinen Bruder mehr. Er will nach Hause. Er würde ja immer lieb sein, wenn er jetzt nur nach Hause dürfte.

Irgendwann hört er jemanden in der Küche hantieren. Er wischt sich mit dem Ärmel die Tränen und den Schnodder von der Nase. Vorsichtig öffnet er die Tür einen Spalt und sieht, wie der Großonkel auf seinem Taburett sitzt und anfängt Käse, Butter und Brot zu essen. Das hat er ja ganz vergessen. Die essen ja immer zweimal am Abend: Vor dem Stall nennen sie es Abendbrot und danach Nachtessen. Ihm ist alles egal. Er will nur nach

Hause. Schon stehen ihm die Tränen wieder in den Augen. Er will nicht, dass ihn jemand so sieht. Ganz leise drückt er die Tür wieder zu. Er kriecht bäuchlings unter den Ofen und heult weiter. Im Flur klappert jemand herum. Hedna ist zurück und stellt die Milchtansen von der Käserei im Flur ab, bevor sie sie durch die gegenüberliegende Tür schleppt zum Auswaschen. „Wo ist der Kleine?"

Peter wischt sich das Gesicht mit dem Pulloverärmel ab und kriecht unter dem Ofen hervor. Er setzt sich vor die Spielzeugkiste und kramt darin herum. Im Rücken spürt er, wie die Tür einen kleinen Spalt aufgeht und sich gleich wieder schließt. Ungewöhnlich leise spricht jetzt Hedna mit Hans. Peter schleicht zur Tür und horcht.

„Die da oben war sicher wieder auf irgendeiner Beerdigung von jemandem, den sie überhaupt nicht kennt." Stille. „Und du sagst natürlich nie etwas."

„Die Tagesschau beginnt gleich."

Peter zuckt zusammen. Hier hat er keinen Fernseher gesehen. Er hört Hans den Flur entlangschlurfen. Auf der anderen Seite geht eine Tür auf und zu. Dann übertönt der Fernseher alles.

„Zeit für dich ins Bett zu gehen." Diese Lautstärke von Tante Hedna übertrifft auch den Fernseher. Eingeschüchtert schmeißt Peter die Spielklötze in die Holzkiste und folgt ihr. Durch die Küche, über den Flur, unter der Treppe durch, die zu Magdas Wohnung führt, zwei Stufen hinunter und er steht hinter Hedna in einer Art Badezimmer und Waschküche zugleich. Die Milchtansen stehen auf den Kopf gestellt auf einem Holzlattenrost und tropfen ab. Die Deckel liegen daneben. Mit dem Fuß schiebt Hedna Peter einen Holzschemel vor den Blechtrog. Er steigt darauf und schnappt nacheinander Waschlappen, Zahnbürste, Handtuch, gerade so, wie sie es ihm hinhält. So schnell war er noch nie fertig im Bad. Neben der Waschmaschine an der hinteren Wand gibt es noch eine Tür. „Hier lang." Sie stehen in einem Zwischenraum, von dem aus man links oder rechts durch je eine Tür gehen kann, wobei sich die Türen beinahe berühren, wenn sie gleichzeitig geöffnet sind. Hedna stößt die Tür rechts auf. Quietschend gibt sie ein kleines Zimmer mit einem Bett, einem Holztisch mit Stuhl und einem Kleiderschrank frei. „Hier schläfst du, wir sind auf der anderen Seite." Peter sieht seine Badetasche auf dem Boden neben dem Schrank liegen. Hedna rupft die Federdecke, eine braune Wolldecke und ein weißes Leintuch mit einem Ruck auf. Peter kriecht in das kalte Bett. Ruppig zieht sie die Nachtvorhänge zu, die einen muffigen Geruch in Peters Nase hinterlassen. „Gute Nacht." Und schon knipst sie das Licht aus und ist wieder draußen. Peter weiß nicht, ob er froh darüber sein soll, oder ob er doch noch ein nettes Wort hören wollte. Den Fernseher hört er bis hierher. Er versucht sich angestrengt vorzustellen, auf welcher Seite das Zimmer mit dem Fernseher ist und was zwischen jenem Zimmer und dem Schlafzimmer von Hans und Hedna sein könnte. Von oben kommen nun noch Musiktöne dazu. Peter kriecht unter die Decke und hält sich die Ohren zu.

4. KAPITEL

Am anderen Morgen wacht Peter auf. Draußen dröhnt ein Traktor, von oben hört er wieder Musik, die ihm nicht gefällt, und schon stürzt Hedna ins Zimmer: „Aufstehen! Heute müssen wir die Räben vom Feld holen. Keine Zeit zum Trödeln!" Die Vorhänge und die Decke fliegen beinahe gleichzeitig auf, und Peter schlüpft in die Tigerfinken. Er will ins Bad zum Duschen. „Anziehen." Hedna schmeißt ihm dieselben Kleider wie gestern hin. „Und duschen?", fragt Peter scheu. „Dafür gibt es den Samstag." Sie steuert direkt durch diese Badewaschküche hindurch über den Flur in die Küche. Bis Peter kommt, steht nur noch seine Tasse mit warmer Milch und einer Art Schokoladengemisch darin auf dem Tisch sowie ein Teller mit drei dick geschmierten Konfitürenbrotscheiben. Hedna wäscht bereits das Geschirr von ihr und Großonkel Hans ab. „Im Fernsehen haben sie gebracht, dass es dieses Jahr mehr Unwetter geben wird als in den Vorjahren. Räben putzen ist eine harte Arbeit. Willst du mitkommen oder bleibst du hier?"

So ganz alleine hier?, denkt Peter. Ihm wird ganz flau im Magen.

„Die Nachbarin, Frau Junker, hat mir gesagt, dass drei ihrer Enkelkinder ein paar Tage zu ihnen kommen. Du kannst hinübergehen und mit denen spielen."

Peter nickt stumm und stopft sich riesige Bissen in den Mund. Gleichzeitig durchtränkt er die großen Brocken mit dem Milchschokoladengetränk, das ganz anders schmeckt als das zu Hause. Aber so werden die Brocken weicher und rutschen besser den Hals hinunter. Von draußen ertönt eine mickrige Hupe.

„Das ist Hans. Ich muss gehen. Stell alles hier auf den Spültrog." Wie im Flug zieht sie sich eine schwere, braune Jacke über, schlüpft in die Stiefel, keift „ICH KOMME!" und ist weg.

Jetzt geht Peter das Frühstück langsamer an. Verloren hockt er auf seinem Taburett und isst. Das Küchenfenster über dem Spültrog ist schmal und so hoch oben, dass er nur ein Stück grau verhangenen Himmel sehen kann. Im Rücken gibt es auch ein Fenster, aber der dicke Vorhang lässt keinen Blick nach draußen zu. Ihm wird unwohl.

Von oben hört er Schritte. Tante Magda, denkt er. Wie sieht sie aus? Er erinnert sich nicht mehr richtig an sie. Plötzlich donnert ein lautes Poltern durch den Gang. „Post ist da!" Klatsch! Der Postbote lässt alles im Flur neben die Tür fallen. Dann donnert der Messingring, der die Hausglocke ersetzt, zweimal. Damit quittiert der Pöstler sein Kommen und Gehen. Oben werden die Schritte schneller. Peter rutscht vom Taburett und schleicht zur Flurtür. Vorsichtig späht er nach links zur Vordertür. Jetzt geht oben eine Tür auf. Peter schielt nach rechts oben. Tante Magda hüpft die hölzerne Treppe hinunter und summt ein Lied, trippelt auf dem Zwischenboden eine Sondereinlage und tänzelt die letzten Stufen hinunter auf die Bodensteinplatten. Erwartet die ein Paket, dass die sich so auf die Post freut?, fragt sich Peter. Er würde das tun. Er weicht zurück, damit sie ihn nicht sieht, wagt sich wieder leicht nach vorne und verfolgt sie mit seinem Blick. Sie öffnet die Tür. Die ist so groß, dass nur ein Teil davon aufgeht. Sie schaut nach draußen, als prüfe sie, ob sie den Postboten noch erwischt. Auf dem Flur liegen ein paar Zeitungen und Briefe. Sie hebt den Stapel auf, nimmt sich eine Zeitung, drückt mit dem Fuß die Tür ins Schloss, wirft die Post auf die Kommode an der Wand, geht zurück, dreht den Schlüssel und schlägt mittendrin die Zeitung auf. Peter bewundert die Eleganz und Schnelligkeit, mit der Tante Magda das alles macht. Er versteht allerdings nicht, warum sie kein Licht anmacht. Wie kann sie die Zeitung im Halbdunkel des Flurs lesen? Sein Papa blättert die Zeitung von vorne nach hinten, Seite um Seite durch. Magda nicht. Sie hat nun nichts Tänzelndes oder Summendes mehr an sich. Im Stechschritt steuert sie nach oben und knallt die Tür zu. Peter sieht, dass ihn Zita die ganze Zeit beobachtet hat. Sie liegt eingerollt auf dem Türvorleger der Hintertür, die nicht ganz zu ist. Ein kühler, feuchter Windstoß kommt herein. Peter sieht sich gelangweilt um. Ganz allein in diesem Koloss von einem Bauernhaus. Zu Hause lassen ihn seine Eltern nicht einmal ein paar Minuten alleine in der Wohnung. Und hier? Er schleicht zur Kommode, auf der die restliche Post liegt. Unten hat sie zwei Türchen und oben zwei Schubladen. Er öffnet die Türchen. Schuhe und Schlappen liegen kreuz und quer auf den Tablaren. Dann zieht er an den Schubladen. Die krächzen. Peter hält inne und horcht, ob Magda das gehört haben könnte. Dann zieht er sie ganz auf. Zwischen Daumen und Zeigefinger hebt er die darin liegenden Stücke einzeln hoch. Strümpfe, Handschuhe, Taschentücher und weiße Kugeln, die entsetzlich stinken. Er schiebt die Schubladen wieder zu. Jetzt geht er in das Zimmer, in dem Großonkel Hans gestern verschwunden war. Wieder steht ein riesiger, runder Holztisch in der Mitte und darum herum Stühle. In der Ecke steht eine Couch, übersät mit Kissen und Wolldecken. Zwei durchgesessene Ledersessel stehen auf den Fernseher ausgerichtet auf der einen Seite. Neben dem Fernseher gibt es eine Einbuchtung. Vorsichtig schleicht Peter hinüber. Zwei Stufen führen hinunter zu einer Tür. Er öffnet sie und erblickt ein Schlafzimmer mit zerwühltem Bettzeug.

Er will gerade hineingehen, als von oben ein freudiger Jauchzer zu hören ist. Peter sinkt vor Schreck in die Knie. Er rennt zurück in die Küche und zieht sich die Schuhe und seine Jacke an. Nur weg von hier!, denkt er. Er schleicht an Zita vorbei, als wäre sie ein scharfer Wachhund, die Treppe hinunter und schaut nach links und rechts. Was sucht er eigentlich? Er weiß es nicht. Er mag dieses Nebelwetter nicht. Zum Hühnerstall geht es leicht schräg nach links hinunter, während rechts der Wagenschopf mit der alten Waschküche ist, in dem er gestern herumgestöbert hat. Er schlägt die Richtung zum Hühnerstall ein. Ein Stück zurückversetzt sieht er ein nettes Haus mit angebauter Scheune und eine Art Stall oder Garage. Davor einen Garten, der schon winterfest gemacht worden ist mit einem hübschen Gartenzaun und einem einladenden Vorplatz. Er hat das gestern gar nicht bemerkt in seinem Kummer. Ihm kommt das wie ein Märchenhaus vor. Vielleicht wohnen da die Junkers, von denen Großtante Hedna gesprochen hat. Er stolpert über den Steinweg hinunter zum Hühnerstall und wendet den Blick keine Sekunde von diesem Häuschen ab. Am liebsten würde er jetzt einfach da hineingehen und in seiner Fantasie warmherzig empfangen werden. Er malt sich aus, wie er eine liebenswerte Familie vorfinden würde, die auf ihn warten und sich freuen würde, dass er endlich nach Hause kommt. Er stolpert über einen Stein und fällt hin. Der Sturz reißt ihn aus seinen Tagträumen. Er will gerade anfangen zu heulen, als er sieht, dass sich das kleine Scheunentor des Häuschens öffnet. Sofort steht er auf und rennt das letzte Stück bis zum Hühnerstall hinunter. Er versteckt sich und beobachtet das Scheunentor. Ein alter Mann mit weißen Haaren und einer Tabakpfeife im Mund kommt heraus. Er zieht sich die Strickweste zu und geht zur Ecke am Gartenzaun, wo er die Post aus dem Briefkasten holt. Danach verschwindet er wieder durchs Scheunentor. Peter steigt der Gestank von Hühnermist in die Nase. Er möchte losheulen. Überall stinkt es, ist es kalt und ungemütlich, und keiner nimmt ihn wahr. Er hebt einen Stecken auf und stupst durch den Zaun ein mutiges Huhn an, das trotz des ungemütlichen Wetters den Stall verlassen hat. Gackernd flattert das Vieh davon. „Was ist da unten los?", ruft eine Frauenstimme. Peter dreht sich um und rutscht mit dem Rücken an der Hühnerstallwand nach unten auf die Fersen. Er beugt sich leicht vor und schaut zum Haus hoch. Dort sieht er Tante Magda, wie sie nach einem Hühnerdieb Ausschau hält. Blitzartig zuckt er zurück. Was ist, wenn sie hierherkommt und nachsieht? Peter hält vor Schreck die Luft an. „Ach Zita", hört er noch und dann trottet Zita vor ihn hin. Ah, die glaubt wohl, der Hund hat das Huhn erschreckt. Peter streichelt Zita intuitiv. Er steht auf und stochert mit dem Stecken in der Wiese herum. Zita folgt ihm auf Schritt und Tritt. An ein paar Stellen schauen feine Ruten aus der Wiese. Peter geht auf eine zu und zieht sie aus dem Boden. „Äh, pfui!", schreit er und rennt zurück zum Hühnerstall. An der Rute hängt eine Mausefalle und eine tote Maus mit zerquetschtem Hals hängt darin. Zita humpelt ihm keuchend hinterher. Zum Bellen findet die alte Hündin keine Luft mehr. Am Hühnerstall macht Peter halt. Als wäre er auf der Flucht, prüft er die Lage und schleicht über den breiten Weg hinauf zum Kuhstall und der großen Scheune von Großonkel Hans. Nur ein schmaler Durchgang trennt diese vom großen Bauernhaus. Während Peter im Durchgang verschwindet, beginnt Zita freudig zu wedeln und geht weiter zum Haus. Jetzt hört Peter, wie Tante Magda mit Zita spricht, als wäre sie ihre beste Freundin. Peter späht um die Ecke und sieht, wie Tante Magda schön angezogen Zita kleine Brocken zuwirft, nach denen sie freudig schnappt und sie verschlingt. Magda trägt einen schwarzen, glänzenden Mantel, ein schwarzes Kopftuch und schwarze Handschuhe. Ihre Lippen sind knallrot angemalt. Am Arm baumelt eine große Handtasche. Kurz darauf geht sie um die obere Hausecke. Sie kann auf dem Kiesboden kaum richtig gehen mit den hohen Schuhen. Solche hat nicht einmal Mami, denkt Peter, und in der Kommode heute Morgen hat er auch keine solchen gesehen. Die Tante kommt ihm märchenhaft vor. Die würde besser zu dem kleinen Häuschen da hinten passen, denkt er. Während Zita Magda bis zur Hausecke vorne an der Straße folgt, schleicht Peter zum Haus hinauf und geht hinein. Er zieht seine Schuhe aus und verstaut sie unter der Treppe. Dann schleicht er in Socken die Treppe hoch zu Tante Magdas Wohnung. Es riecht nach Parfüm. Ungewöhnlich für dieses Haus. Es duftet so stark, dass es jeden Kuhstallgeruch überdeckt. Oben angekommen drückt er verstohlen die Türfalle herunter. Geschlossen. Er schaut sich um.

In der Ecke entdeckt er einen Staubwedel. Er schnappt ihn sich und fuchtelt wild in der Luft herum. Er fühlt sich als kühner Ritter mit einem Zauberschwert. Plötzlich scheppert es. Und da liegt er. Direkt neben seinen Füßen liegt ein Schlüssel. Peter wirft den Staubwedel in die Ecke und hebt den Schlüssel auf. Er steckt ihn ins Türschloss. Langsam dreht er ihn herum. Er passt! Er geht durch die Wohnungstür und steht mitten in einer sauber aufgeräumten Wohnküche. Er ist völlig perplex über so viel Sauberkeit und Ordnung. Gleich neben der Tür stehen ein Kleiderständer und eine kleine Kommode mit einer Häkeldecke darauf. Da liegt die Post. Peter dreht sich um und schließt die Tür von innen ab.

    Er geht weiter durch die nächste Tür. Eine schöne Stube mit großem Tisch und Stühlen, einem eleganten Sofa, einem Sessel und einem Fernseher. Eine wuchtige Kommode, überhäuft mit Fotos in Bilderrahmen, steht an der Wand. Von draußen kommt die Sonne durch. Endlich hat sie die Nebelmauer durchbrochen. Dann schleicht er weiter durch die nächste Tür. Gemusterte Vorhänge verhüllen drei große Fenster und lassen nur spärlich Licht hinein. Plötzlich hört Peter Schritte und die Stimme von Tante Magda, wie sie singt: „Jetzt habe ich dich doch beinahe vergessen, mein Liebling, jetzt habe ich dich doch beinahe vergessen, mein Liebling." Peter rennt auf eine Truhe an der hinteren Wand zu, die mit einem bunten Überwurf zugedeckt ist. Er lässt sich auf die Knie fallen und quetscht sich mit Schwung zwischen Truhe und Wand. Jetzt bemerkt er, dass die Truhe surrt und hinten durch ein Gitter warme Luft ausströmt. Ihm bleibt keine Zeit zum Nachdenken. Er kauert sich zusammen und kneift die Augen zu. Magda stöckelt direkt auf ihn zu. Sie singt dauernd die gleichen Worte: „Jetzt habe ich dich doch beinahe vergessen, mein Liebling." Sie schlägt den Überwurf zur Hälfte zurück und öffnet den Deckel. Peter atmet nicht mehr. Ein kalter Wind streift ihn. Er blinzelt kurz und ein grelles, weißes Licht blendet ihn. Sofort schließt er wieder die Augen. Wenn er nichts sieht, sieht ihn auch niemand, denkt er hilflos. Madga drückt den Deckel zu. Ein leichtes Zischen folgt. Dann schwingt sie die Decke wieder darüber und verlässt das Zimmer.

Zitternd verharrt Peter noch eine Weile in seinem Versteck. Dann wagt er sich scheu hervor. Er starrt den dicken, bunten Überwurf an, der die Truhe verhüllt. Eingeschüchtert gesteht er sich selber ein, dass ihm die Lust auf Entdeckungsreisen gründlich vergangen ist. Wie auf rohen Eiern schleicht er aus der Wohnung, schließt die Tür von außen ab, lässt den Schlüssel auf den Boden fallen und geht die Treppe hinunter. Er hat ganz weiche Knie. Er konzentriert sich bei jedem Tritt, dass er nicht einknickt. Auf der zweituntersten Stufe setzt er sich hin und versucht sich von diesem Schreck zu erholen.

5. KAPITEL

Die Kirchenglocken beginnen zu läuten. Es muss elf Uhr sein. Er springt hoch und saust auf die Toilette. Dann zieht er die Schuhe an und schleicht aus dem Haus. Er verdrückt sich in die Scheune. Die Kühe werden etwas unruhig. Sie sind es nicht gewohnt, dass ein Fremder sie besucht, ohne mit ihnen zu sprechen. Hans redet immer mit seinen Kühen. Mehr als mit Hedna. Das hat ihm Mami einmal erzählt. Peter geht in den hinteren Teil der Scheune, klettert über ein paar prall gefüllte Papiersäcke und lehnt sich an die Rückwand. Neben ihm türmen sich rostige Maschinenteile. Eine längliche Maschine fällt ihm besonders auf. Er nimmt sich vor, den Großonkel zu fragen, wofür man sie braucht. Jetzt hört er ein Auto und kurz darauf Kinderstimmen: „Opa, hallo Opa!"

Peter dreht sich um. Schräg oben dringt Licht durch ein Astloch. Er kraxelt über das alte Zeug und späht aus dem Astloch. Ein dunkelblaues Auto lädt drei Kinder aus. Eine Frau und ein Mann folgen ihnen. Auf dem hübschen Vorplatz bei dem Häuschen begrüßen sich alle herzlich. Nun kommt auch eine ältere Frau aus dem Scheunentor. „Oma, Oma", geht das Begrüßen weiter. Peter kann nicht alles sehen. Das Astloch lässt nur eine beschränkte Aussicht zu und das Auto verdeckt seinen Teil.

Gepäck wird ausgeladen und nach und nach verschwinden alle durch die Scheune ins Haus. Aus dem Stall plärrt ein Kalb. Peter klettert hinunter und schaut durch die Fütterungsschlitze. Von hier aus sieht er den Tieren zu. Die Kühe kauen die ganze Zeit, ohne neues Heu aufzunehmen, als würden sie Kaugummi kauen. Dann hört er wieder Stimmen von draußen. Er klettert zurück auf seinen Beobachtungsposten. Die Eltern verabschieden sich und fahren weg. „Es gibt bald Mittagessen", ruft die Oma den Kindern zu. Wie gerne würde sich Peter ihnen anschließen.

Bis jetzt hat er niemanden vom Feld nach Hause kommen hören. Haben die ihn vergessen? Muss er jetzt doch noch verhungern? Er geht in den Stall zum Kälbchen. In der Ecke auf einem Holzstuhl steht ein offener Papiersack, der so aussieht wie die, die in der Scheune gestapelt stehen. Es ist kaum noch etwas darin. Peter schaut sich den Inhalt genauer an. Ein weißgelbes Pulver und ein Plastikbecher sind darin. Riecht komisch, denkt Peter. Mit dem Becher kratzt er etwas Pulver zusammen und schüttet sich das Zeug in den Mund und viel daneben. Im Mund formt sich das süßlich schmeckende Pulver zu klebrigen Klumpen. Er findet es nicht übel. Plötzlich hört er einen Traktor. Er wirft den Becher in den Sack zurück und rutscht vom Stuhl. Er klopft das weißgelbliche Pulver von seinen Kleidern. Aber es klebt schon fest. Er rennt in die Scheune und schnappt sich eine Handvoll Heu. Damit scheuert er sich sauber so gut es geht. Großonkel Hans hat den Motor bereits abgestellt, als Peter den Durchgang zwischen Scheune und Haus erreicht. Als er sieht, dass Hans schon ins Haus geht, springt er hinterher. Er stapft noch die Treppen hoch, als aus dem schräg geöffneten Küchenfenster die grelle, laute Stimme der Großtante ertönt: „Im Flur riecht es wieder wie in einem Puff! Ist die andere wieder auf der Walz? Wo die sich wohl wieder herumtreibt? Aufgetakelt wie eine …, es wird immer schlimmer mit der!"

„Lass sie in Ruhe", knurrt Hans.

Peter geht hinein, streift sich die Schuhe ab und hängt seine Jacke an den Nagel. Dann setzt er sich auf sein Taburett, dasselbe wie am Morgen und gestern Abend. Keiner spricht ein Wort. Hedna stellt jedem einen Teller heiße Suppe vor die Nase. Hans schlürft die Suppe dampfend heiß hinunter. Wie der das bloß macht?, denkt sich Peter, er muss zuerst blasen, bis er nur ein bisschen nehmen kann, ohne sich den Mund zu verbrennen. Außerdem ist die so dick, dass er sie fast nicht hinunterschlucken kann. Wenn das alles ist, dann ist er froh, dass er im Stall vom weißen Pulver gegessen hat. Jetzt holt Hedna eine große Platte aus dem Backofen. Dicke Brotbrocken überbacken mit Rahm und Käse. Hans und Hedna nehmen den Suppenlöffel und essen abwechselnd einen Happen von der Platte und dann wieder einen Löffel von dieser dicken Suppe. Er möchte das lieber alles auf einem Teller haben, getraut sich aber nicht, etwas zu sagen. Dass jeder mit seinem Löffel aus der gleichen Schüssel isst, kennt er nicht. Peter ekelt sich. Aber an einer Ecke, wo die anderen mit ihrem Löffel nicht hinkommen, könnte er schon mal probieren. Es würde ihm schmecken, wenn da nicht so viele Zwiebeln darin wären. Er hat noch gar nicht recht angefangen, da ist Hans schon fertig und geht in die Stube für einen kurzen Mittagsschlaf. Dabei dreht er das Radio an und hört die Nachrichten. Hedna räumt das Geschirr von ihr und Hans in den Spültrog zu dem Geschirr vom Morgen. „Iss ruhig weiter, wir müssen gleich wieder aufs Feld." Peter nickt mit vollem Mund. Hedna verschwindet ebenfalls in der Stube. Er versteht diese Welt nicht. Die beiden sind so komisch. Er wusste doch, dass er nicht hierher wollte. Was wohl Mama macht? Er spürt, wie ihm die Tränen kommen. Nein, bloß nicht heulen. Schnell schiebt er sich einen dieser käsigen Brotbrocken mit dem Löffel in den Mund. Jetzt hört er das Radio nicht mehr. Und schon kommen die beiden wieder heraus. Hans rutscht auf den Socken zur Tür und schnappt sich die Jacke vom Nagel. Hedna hinterher. Zumindest sie hat Hausschuhe an, denkt Peter. „Also, bis zum Abend. Treib dich nicht herum. Geh zu den Nachbarn." Und schon rattert der Traktor. Peter würgt noch am Essen herum. Wie soll er das Zeug loswerden? Er nimmt den Suppenteller und balanciert ihn zur Tür hinaus auf die Treppe. Da liegt Zita. Er stellt ihr den Teller direkt vor die Nase. Zuerst will sie nicht recht. Aber dann schaut sie Peter mit einem mitleidigen Blick an, als wollte sie ihm sagen, okay, ich erlöse dich von deinem Schicksal. Zögernd erhebt sie sich und beginnt den Teller auszulecken. Es spritzt nicht einmal, so dick ist der Suppenbrei. Peter setzt sich im Flur auf die Treppe, die zu Magda hinaufgeht, und wartet geduldig, bis Zita ihr Opfer für ihn gebracht hat.

Plötzlich packt ihn die Neugierde. Auf allen vieren kriecht er die Treppe hoch. Der Schlüssel liegt noch da. Jetzt sieht er, dass er den Staubwedel nicht ordentlich in die Ecke gestellt hat. Er macht es sofort. Vorsichtig öffnet er nun die Tür wie am Morgen und geht hinein. Er ist auf der Hut und gibt Acht, dass ihn dieses Mal keiner erwischt. Peter schleicht in das Zimmer, wo er sich am Morgen verstecken musste. An der Wand sieht er die surrende Kiste, zugedeckt mit der bunten, schweren Decke. Er geht hinüber und hebt die Wolldecke an. Darunter kommt eine weiße Truhe zum Vorschein. Peter schiebt die Decke nach hinten, so gut es geht. Dann will er die Truhe öffnen. Aber die klemmt irgendwie. Peter holt sich einen Stuhl, schiebt ihn ganz nahe vor die Truhe, sodass seine Beine gerade noch Platz haben. Dann setzt er sich auf den Stuhl und hebt mit beiden Händen den Deckel hoch. Wieder blendet ihn grelles, weißes Licht und ein kalter Nebel schießt ihm entgegen. Eine Tiefkühltruhe, denkt sich Peter. Nach einer Weile verzieht sich der Nebel und er sieht, was darin ist. Völlig verdattert schüttelt er den Kopf. So etwas hat er noch nie gesehen. Irgendwie ist er enttäuscht. Er hat einfach etwas anderes erwartet. Aber das? Nein, das nicht! Er lässt den Deckel herunterfallen, rutscht vom Stuhl, schiebt diesen wieder an den Tisch und versucht, die Wolldecke wieder so über die Truhe zu ziehen, wie er denkt, dass sie vorher darüber lag. Verwirrt geht er durch die Räume wieder hinaus, schließt ab und lässt den Schlüssel an derselben Stelle fallen. Dann geht er zu Zita hinunter. Sie liegt geduldig da. Der Teller ist blitzblank und sauber ausgeleckt. Er nimmt ihn und stellt ihn mit dem Löffel in den Geschirrtrog.

6. KAPITEL

Von draußen hört er Kinderstimmen. Sofort zieht er seine Jacke an und stürmt ins Freie. Er springt die Treppe hinunter und rennt ein Stück über den Hinterhof. Der alte Mann hat wieder eine Tabakpfeife im Mund. Peter steht still. Der Mann nimmt die Pfeife aus dem Mund und winkt ihm zu. „Komm nur, ich habe dich heute Vormittag schon gesehen. Bist du bei Hedna und Hans zu Besuch?" Peter nickt und schlendert weiter auf den Mann zu. „Da hast du dir aber die umgänglichsten Verwandten ausgesucht, du armes Kerlchen", schmunzelt der Alte und steckt sich die Pfeife wieder in den Mund. Die drei Kinder rennen aus der Scheune.

„Mit wem sprichst du, Opa?", fragt die Älteste. Nun stehen alle einander gegenüber. „Also, ich bin der Opa von diesen drei Tausendsassas. Das ist die Größte, Miriam, dann kommt der Mittlere, das ist Stefan, und der Jüngste hier ist Quirin. Und du bist?"

„Peter."

„Schau mal, was wir machen", sagt Stefan und geht zurück in die Scheune. „In Opas Werkstatt gibt es immer etwas zum Basteln. Jetzt bauen wir ein Segelboot."

Peter atmet den Geruch von der Tabakpfeife tief ein. Diesen Geruch liebt er auf Anhieb. Alle reden durcheinander. Jeder möchte Peter seine Arbeit zeigen.

„Für dich haben wir auch noch ein Stück Holz", sagt der alte Mann. Peter fühlt sich sofort wohl. „Wo sind denn deine Tante und der Onkel?"

Peter: „Auf dem Feld."

„Ich glaube, die holen die Räben", hilft der Opa nach.

„Können wir nicht Räbenlichter schnitzen für den Umzug?", fragt Miriam.

Opa: „Gute Idee, wann ist der denn?"

Miriam: „In ein paar Wochen."

„Na, dann müsst ihr die Räben aber in ein feuchtes Tuch wickeln, sonst habt ihr dann Schrumpellichter", grinst Opa.

„Ich will auch", meldet sich Quirin.

Miriam: „Du bist noch zu klein."

Opa: „Wir machen für alle ein Räbenlichtlein und veranstalten hier einen kleinen Umzug." Das finden alle prima. „Heute Abend frage ich Hans, ob er uns vier Räben überlässt", beendet er dieses Thema.

Nun sind erst die Segelboote dran. Alle reden wieder durcheinander. Peter erfährt so, dass Miriam schon in die dritte Klasse geht. Stefan ist wie er in der ersten Klasse und Quirin kommt nächstes Jahr in den Kindergarten. Aber jetzt sind Herbstferien. Herr Junker hilft allen, aber er hat nur zwei Hände und bräuchte acht. Die erlösenden Worte kommen nach langer Zeit: „Zvieri", tönt es aus dem Haus. Peter kommt gar nicht nach mit Schauen, so schnell lassen alle das Werkzeug fallen und stürmen von der Scheune durch den schmalen Gang direkt in die Küche. Er macht es ihnen nach. Ein süßer Duft schlägt ihm entgegen. Auf dem Tisch steht ein weiß bepuderter Gugelhupf. Ohne ein Wort oder einen kritischen Blick nimmt Frau Junker Peter in die Runde auf und gibt jedem ein Stück. „Oma, das ist der weltbeste Gugelhupf", schmatzt Quirin. Niemand widerspricht ihm. Peter beobachtet kurz die Oma. Sie isst sehr ruhig und strahlt etwas Geheimnisvolles aus. Nach dem feinen Kuchen geht es wieder ab in die Werkstatt. Jedes der Kinder versucht mit der größeren Räubergeschichte aufzuwarten, die sie hier bei Opa schon erlebt haben. Peter ist beeindruckt.

Als es einen Moment ruhig ist, beginnt er von der Geistertruhe zu erzählen, wie er sie nennt. Alle hören gespannt zu, sogar der Opa. Für ihn war Magda, respektive Adelheid, wie sie wirklich heißt, in ihrer Blütezeit ein fesches Frauenzimmer mit einer chronischen Allergie gegen jegliche Art von Arbeit. In den letzten Jahren wurde sie zunehmend mysteriöser, deshalb faszinierte ihn die Neuigkeit von Peter.

„Und? Was ist in der Tiefkühltruhe?" Miriam platzt beinahe vor Neugierde.

„Hübsche Pakete."

„Was?"

„Schön eingepackte Pakete mit roten Bändern darum."

Stille. Dann fragt Miriam entrüstet: „Wer gefriert denn Geschenke ein?"

Opa nachdenklich: „Sonderbar."

Stefan bemerkt einen Ausdruck auf Opas Gesicht, den er noch nie gesehen hat. Quirin findet das lustig. Ein tiefgefrorenes Geschenk hat er noch nie bekommen.

Peter horcht auf. Er hört den Traktor. Diesmal fährt der Großonkel nicht auf den Hinterhof, sondern stellt ihn oben ganz nah an der seitlichen Hausmauer ab. Die Kinder rennen hinaus. „Opa komm, frag ihn nach den Räben!"

„Ja, ja." Gemütlich trottet er den Kindern hinterher die kleine Steigung des Hinterhofplatzes hinauf. Hans hat das oberste Brett des Wagens weggenommen. „Nimm endlich den Laden weg!", keift die Stimme von Hedna. Die Kinder sehen sich verdutzt um. Niemand ist zu sehen. Hans bückt sich und klaubt einen Holzladen unten an der Hauswand weg. Dann schnappt er sich die Holzrutsche, die am Boden an der Hauswand liegt, und klemmt sie zwischen dem Kellerloch und der oberen Anhängerkante fest.

„Passt auf, dass ihr nicht herunterfallt!", ertönt es aus dem Keller.

Hans begrüßt knapp Opa Wenzel und deutet mit dem Kopf nach unten. „Schon begriffen", antwortet Opa augenzwinkernd. Hedna gibt stets das Arbeitstempo vor, da gibt es kein Entrinnen. „Wir wollen vier Räben zum Aushöhlen, wenn es dir recht ist."

„Klar." Hans steht schon auf dem Räbenberg und schöpft sie mit einer speziellen Gabel, die die Räben nicht verletzen soll, auf die Rutsche. Mit Gepolter kullern diese in den Keller, wo sie Hedna verteilt, damit möglichst viele Platz haben. Erst wenn Hans von der Genossenschaft grünes Licht zum Liefern bekommt, schöpfen sie die Räben wieder aus dem Keller. Hedna will nicht, dass sie auf dem Feld liegen bleiben. Weiß der Kuckuck weshalb. Den Kindern macht das einen Heidenspaß. Mit den Händen versuchen sie, den Räben noch mehr Tempo zu verpassen. Wie Geschosse donnern die Dinger ins Dunkel hinunter. Als nichts mehr die Rutsche hinunterkommt, richtet sich Hans auf und streckt seinen Rücken. „So, alle weg."

„Oje, jetzt haben wir unsere zum Schnitzen für den Räbenlichteinumzug vergessen", bemerkt Miriam.

Nachdenklich stützt Hans das Kinn auf seine Hände, die oben auf dem Gabelstiel ruhen. „Wenn da nicht vier schöne, dicke Räben liegen würden", schmunzelt er.

„Jetzt hat er euch aber erwischt", grinst Opa.

Hans lehnt die Gabel an den Wagen und gibt Wenzel die Räben einzeln herunter. Die gelb-roten Dinger sind ganz schön schwer. Die Kinder schnappen sich je eine und tragen sie wie einen Beutefang in die Werkstatt hinunter. Wenzel wechselt noch einige Worte mit Hans, bevor es Zeit ist für das Abendbrot und den Stall.

Unten in der Werkstatt angekommen, schickt er Peter nach Hause. „Du weißt ja, Hans und Hedna haben einen anderen Tagesablauf als wir. Aber komm morgen wieder. Dann zeig ich dir, wie du eine Räbe richtig aushöhlst und schöne Verzierungen schnitzt." Für Peter hört sich das sehr technisch an. Er verabschiedet sich.

Peter steht im Flur und hört, wie Hedna wettert. „Draußen riecht es immer noch wie in einem Bordell! Dass du dich nicht darum kümmerst, wo die sich immer herumtreibt!"

„Lass mich in Ruhe."

„Sie ist DEINE Schwester. Seit unsere Ursula auf der Welt ist, hat die keinen Finger mehr gekrümmt."

„Bäh."

„Und Ursula wird in einigen Tagen dreißig!"

„Sie hat das lebenslängliche Wohnrecht im Haus und wenn ihr Erbteil …"

„Die kann trotzdem mithelfen auf dem Hof! Früher ging es doch auch! Wenigstens ein bisschen."

„Mmh, wo ist der Bub?" weicht Hans aus.

Sofort schickt sich Peter an, in die Küche zu gehen.

„Na, da bist du ja", meint Hans erlöst. „Und, geht's morgen ans Räbenschnitzen?"

Peter nickt.

„Wenzel Junker ist ein wahrer Meister darin. Seine Kinder hatten früher immer die schönsten Räbenlichter."

So viel am Stück hat Hans noch nie mit Peter gesprochen. Ihm tut das richtig gut. Er setzt sich an den Tisch. Hedna zieht mit dicken Handschuhen, die vom Holzherd schon ganz braun geworden sind, eine Glasplatte aus dem Ofenrohr. Bratäpfel. Wann sie diese in den Ofen geschoben hat, weiß keiner. Aber sie duften fein. Er mag die Füllung darin besonders. Die sauren Boskop-Äpfel mit der zähen Schale weniger. Seine Mami nimmt extra für ihn süßere Äpfel, denkt er und kratzt mit dem Löffel die Füllung heraus.

„Du übst wohl schon für morgen?", keift Hedna.

Betroffen macht sich Peter an die Apfelhülle. Plötzlich klingelt das Telefon. Es hängt im Flur an der Wand und ist so laut eingestellt, dass es ein Tauber noch auf der Straße hören könnte. Peter lässt vor Schreck den Löffel fallen. Hedna steht auf und schlurft hinaus. Sie ist müde von der Feldarbeit. Eh sich's Peter versieht, schnappt sich Hans Peters Apfel vom Teller und schöpft ihm die Füllung von einem anderen aus der Platte. Mit den bloßen Fingern schnappt er sich diese neue Apfelhülle und lässt sie auf seinen Teller fallen. Mit dem Suppenlöffel zerteilt er diesen in drei Teile und schluckt sie hinunter, ohne zu kauen. Peter kommt aus dem Staunen nicht mehr heraus.

Hedna kommt zurück. „Deine Mutter kann noch nicht nach Hause. Du musst noch ein paar Tage hierbleiben. Gut, dass die Junkerskinder hier sind", leiert Hedna die Nachricht herunter, ohne Rücksicht auf Peters schlagartig auftauchendes Heimweh. Er schluckt es mit Bratapfelfüllung hinunter. Hedna schiebt noch zwei Scheite Holz nach, damit es in der Stube nicht so hündelig ist vom feuchten Herbstwetter. Hans schlürft sein Glas sauren Most zu Ende und ist auf dem Sprung in den Stall. Hedna setzt sich an den Tisch und isst zu Ende. Peters Blicke schweifen abwechselnd von ihm zu ihr und zurück. Dabei genießt er die Extraportion Füllung vom Großonkel Hans. Danach verkriecht er sich in der Stube unter dem Ofen. Da ist es schön warm und er kann über den Tag nachdenken, was er alles erlebt hat, damit er es später Mami erzählen kann. Jetzt kommt ihm in den Sinn, dass er Hans nicht gefragt hat, was das für eine Maschine ist, die er hinten in der Scheune gesehen hat. Aber vielleicht sollte er ihn fragen, wenn Hedna nicht dabei ist, sonst fragt sie noch, was er da hinten zu suchen hätte. Und vielleicht darf er ja gar nicht auf dem alten Zeug herumklettern. Mami würde es ihm auf jeden Fall verbieten. Er könnte sich ja verletzen ...

Plötzlich hört er von oben Schritte. Tante Magda! Seit wann ist sie zu Hause?, schießt es ihm durch den Kopf. Jetzt liegt er auf dem Rücken unter dem Ofen und stellt sich vor, wie Tante Magda oben in den Räumen umhergeht. Was sie wohl macht? So alleine? Dann werden die Schritte leiser. Jetzt hört er sie nicht mehr. Nun setzt diese komische Musik ein. Plötzlich scheppert es aus der Küche. Peter kann sich gerade noch zurückhalten, hochzuschießen, denn das hätte eine zünftige Beule am Kopf gegeben. Er kriecht unter dem Ofen hervor, schiebt sich noch ein paar Spielsachen vor die Füße, sodass Hedna ihm keine Fragen stellen kann, was er denn tue oder so. Hedna flucht und gleich darauf kommt Hans aus dem Stall herein und will sein Nachtessen haben. Während Peter gelangweilt Holzklötze stapelt, bis sie umfallen, wartet er, bis in der anderen Stube der Fernseher angeht und Großonkel Hans seine Ruhe darin findet, dass er die Tagesschau so laut aufdreht, dass er das Gedudel von oben und das Gekeife von Hedna nicht hören muss. Peter kennt die Melodie, wenn das Wetter kommt. Er wartet noch, bis sie zu Ende ist, und schleicht dann langsam in die andere Stube. Hedna kämpft sich aus dem eingefallenen Diwan. „Ich komme", stöhnt sie und murmelt weiter: „Der muss ja auch noch verquantet werden." Peter lässt die gleiche Prozedur über sich ergehen wie gestern. Zum Glück schläft er schnell ein.

7. KAPITEL

Am Morgen zieht ihm Hedna die dicke Federdecke weg. Peter war noch gar nicht wach. Jetzt schon. Im Eiltempo schleust sie ihn vom Anziehen zum Frühstück. Großonkel Hans sieht er gar nicht. Der fuhrwerkt bereits mit dem Traktor herum. „Bis alle Räben im Keller sind, müssen wir uns noch die ganze Woche ranhalten", erklärt ihm Hedna. Dann stellt sie Zita in aller Eile eine Schüssel Milch mit Brotbrocken auf den Boden, dass es nur so spritzt. Zita leckt alles auf und schlabbert die verbeulte Blechschüssel aus. Dann trottet sie vor die hintere Haustür und legt sich auf den Teppich oben auf der Treppe.

„Du machst es wohl auch nicht mehr lange", murmelt Hedna und schreit zu Hans: „Ich komme!" Dann stapft sie in Gummistiefeln die Treppe hinunter.

Peter kaut noch auf dem letzten Stück Konfitürebrot herum, als er Schritte auf der Holztreppe hört. Tante Magda kommt herunter. Soll er nachsehen oder sitzen bleiben? Bevor er sich entscheiden kann, kommt sie schon in die Küche. Peter stockt der Atem. Sie summt eine Melodie. Als sie Peter entdeckt, verstummt sie sofort.

„Ah, du bist aber groß geworden, Peter." Peter nickt. „Ich hole mir etwas Milch aus dem Kühlschrank. Das ist angenehmer als aus dem Stall." Peter grinst. Die mag den Kuhstallgestank ebenso wenig wie er. „Was machst du denn den ganzen Tag?"

„Wir schnitzen Räben", antwortet Peter trocken.

„Ah, mit Wenzel, nehme ich an. Schön, das kann er sehr gut, der ist ein richtiger Künstler darin", meint Magda, schließt den Kühlschrank und fährt fort: „Komm doch nachher kurz hoch zu mir. Ich gebe dir ein Schoggistengeli für den Znüni mit." Peter nickt. Magda trägt ihren beigen Milchkrug mit den blauen Punkten wie ein Juwel mit beiden Händen und murmelt: „Diese Gesprächigkeit liegt wohl in den Genen." Peter weiß nicht, was sie damit meint, aber gegen Schokolade hat er nichts einzuwenden.

Er stellt sein Geschirr neben den Spültrog auf die Abtropfablage. Zögerlich steigt er die Holztreppe hinauf. Tante Magda hat die Tür einen Spalt offen gelassen. Er schiebt sie etwas mehr auf und geht hinein. Sie steht am Küchenbuffet und öffnet oben ein Türchen. Dann kramt sie hinter dem Geschirr eine bunte Dose hervor. Als sie sich umdreht, bemerkt Peter, dass sie eigentlich ganz hübsch aussieht im Vergleich zu Großtante Hedna. Magda streckt ihm ein ziemlich großes Stengeli hin in einem goldenen, glänzenden Papier. Stumm hebt Peter die linke Hand hoch, wobei er mit der rechten Hand den Daumen der Linken abdeckt.

Magda: „Was?"

„Wir sind vier beim Räbenschnitzen."

„Ah, Junkers haben die lieben Enkelkinder zu Besuch." Magda kramt vier Schoggistengeli, alle in einer anderen Farbe, aus der Dose. „Komm, ich gebe dir einen Papiersack." Sie zieht eine Schublade auf und holt einen braunen, schön zusammengefalteten Papiersack heraus. Sie macht ihn auf und steckt die Stengeli hinein. Auf dem Sack ist eine Zeichnung mit einem roten Apfel und einer grünen Birne abgebildet. Dann hat es noch ein gelb-blaues Zeichen darauf mit Buchstaben. Aber er weiß nicht, was das Wort bedeutet. Er kann noch nicht alle Buchstaben lesen. Auf jeden Fall sieht der Sack alt aus. Er bedankt sich, nimmt ihn und geht wieder. Er hört, wie Tante Magda fortfährt, eine Melodie zu summen.

Peter zieht die Schuhe und seine Jacke an, geht an Zita vorbei die Treppe hinunter, über den Hinterhofplatz zu Junkers. Das kleine Scheunentor, das ins große Tor hineingebaut ist, ist angelehnt. Er drückt es auf und geht hinein. Die Kinder begrüßen sich.

Miriam meint gelangweilt: „Opa muss den Abfluss in der Küche reparieren. Wir müssen noch warten."

„Was hast denn du da?", fragt Stefan.

„Schoggistengeli von Tante Magda."

„Ich will auch!", schreit Quirin.

„Zum Znüni", gibt Peter zurück und versteckt den Sack hinter seinem Rücken.

Miriam: „Dann ist sie heute da."

Stefan: „Wieso?"

Miriam legt den Zeigefinger vor den Mund: „Psst!" und flüstert, „ich möchte gerne wissen, wie die Geschenke in der Geistertruhe aussehen."

„Wie willst du das denn anstellen?"

„Mh."

„Sollen wir einbrechen?"

„Psst!"

„Was ist los?", fragt Peter.

„Nichts, nichts, ich glaube, ich habe Opa gehört", redet sich Miriam aus der Situation heraus.

Tatsächlich kommt er aus der Küche direkt in die Scheune mit einem Kübel voll stinkendem Dreckwasser. Die Kinder halten sich die Nase zu und Opa Junker scherzt: „Ein Schluck gefällig? Siphonquell von Rohrstopf, äußerst aromatisch." Er schwenkt den Eimer, dass es beinahe hinausschwappt, und geht dann eilig hinten zur Scheune hinaus und kippt die Brühe unter den nächsten Apfelbaum.

„Wäh!", murrt Quirin, „von diesen Äpfeln esse ich dann keine."

„Die hat Oma ja schon zusammengenommen."

„Mir egal, ich esse keine."

Opa kommt zurück. „Na, alle gut geschlafen? Kräftig genug fürs Räbenschnitzen?"

Peter streckt ihm den Papiersack mit den Schokoladenstengeli hin. „Von Tante Magda für uns zum Znüni."

„Mmhh", summt Opa und rollt die Augen. Die Kinder lachen. Opa bringt den Sack in die Küche mit einem Kurzkommentar zu Oma. Er kommt zurück und verteilt die Werkzeuge. Vorbildlich zeigt er den Kindern Schritt für Schritt, wie sie vorzugehen haben. „Zuerst muss oben eine zwei bis drei Zentimeter große Scheibe als Deckel abgeschnitten werden. Dann …"

„Wenzel! Schnell!", schreit Oma aus der Küche. Alle zucken zusammen. Opa lässt das große Messer auf die Werkbank fallen und rennt in die Küche. Die Kinder hinterher.

„Halt!", schreit Oma, „draußen bleiben!" Unten aus der Spüle spritzt es kreuz und quer in die Küche. „Ich muss den Haupthahn abdrehen", sagt Opa und rennt in den Keller hinunter. Im Nu tropft nur noch ein Rinnsal auf den Boden. Gemächlich kommt er wieder herauf. „Ich hole beim Spengler ein neues Rohrstück, den Rest finde ich in der Werkstatt. Am besten rufe ich ihn an, damit er mir eines bereitlegen kann."

Die Kinder haben begriffen: Omas Küche geht vor, Räbenschnitzen ist verschoben. Sie gehen hinaus und ziehen mit den Schuhen Spuren in den Kies. Das mag Oma überhaupt nicht. Hinterher müssen sie mit dem Rechen wieder alles fein säuberlich verteilen. Opa verlässt mit dem Fahrrad die Scheune und winkt: „Bis später."

8. KAPITEL

Leicht gelangweilt schaut Miriam über den Hinterhofplatz hinauf zum Bauernhaus und sieht, wie Tante Magda aus der Tür kommt. „Psst, sie kommt!", zischt Miriam und reißt Quirin am Ärmel hinter die Scheunenecke. Wie elektrisiert folgen ihr Stefan und Peter. Sie beobachten, wie Tante Magda nach allen Richtungen schaut. Sie verschwindet wieder im Haus und kommt kurz danach wieder heraus. Ganz in Schwarz: Mantel, Kopftuch und Handschuhe. Am Arm trägt sie eine elegante Tasche. Ihr purpurroter Mund leuchtet wie ein Fremdkörper in ihrem bleichen Gesicht, umhüllt von so viel Schwarz. Mit hohen Stöckelschuhen balanciert sie die Treppe hinunter und schwebt beinahe wie ein Phantom um die Hausecke.

Die Kinder sehen einander fragend an. „Komm, wir schleichen ins Haus und sehen uns um", flüstert Stefan. Miriam zieht beide Augenbrauen hoch: „Wirklich?" Stille. Sie sieht Peter an. Er nickt mutig bejahend. „Außen herum, Oma kann uns sonst durchs Fenster sehen", ergänzt Miriam.

Alle vier sausen in halb gebückter Stellung um die Jauchegrube herum, außen am Stall entlang, vorne über den Hausplatz des Hofes, und schleichen von der Seite, wo sie gestern noch die Räben in den Keller schubsten, vorbei um die Hausecke, wo Tante Magda vor wenigen Minuten in entgegengesetzter Richtung den Hof verlassen hat. Eine dicke Parfümwolke hängt in der Luft. Quirin muss niesen. „Sei still", flüstert Stefan leicht genervt, dass er bei einer so wichtigen Mission den Kleinen mitschleppen muss. Quirin versteht die Welt nicht mehr, aber Stefan ist ja der Größere, der muss es wissen. Verstohlen schleichen sie weiter die Treppe hoch an Zita vorbei ins Haus. Der Hund nimmt kaum Notiz von den vier Eindringlingen. Peter übernimmt die Führung. Er weiß, wo es im Haus langgeht. Vorsichtig schleicht er die Holztreppe hinauf, als würde er beim nächsten Schritt einen Poltergeist erwarten oder eine Stufe könnte einbrechen. Oben angekommen drückt Miriam die Türfalle herunter. Abgeschlossen. „Mist", entweicht es Stefan. Miriam bückt sich instinktiv und hebt den Türvorleger hoch. Nichts. Peter erschrickt. Hat Tante Magda bemerkt, dass er drin war? Ihm wird heiß.

„Da oben!" Peter zeigt mit dem Finger auf den Türrahmen. Bevor er den anderen den Staubwedel zeigen kann, macht Miriam sofort eine Räuberleiter, und Stefan steigt hoch. Peter ist beeindruckt, wie die beiden vorgehen. Ihm ist nicht wohl dabei. Hat Tante Magda ihm vielleicht eine Falle gestellt? Er denkt an die tote Maus und muss sich unwillkürlich schütteln. Stefan streift mit der rechten Hand über den Rahmen. Er stößt etwas an. Peter springt zurück. Ein dunkler großer Metallschlüssel scheppert zu Boden. Das ist er! Miriam lässt Stefan beinahe herunterfallen. Sie schnappt sich den Schlüssel, steckt ihn ins Schloss. Passt! Wie auf rohen Eiern geht sie hinein. Im Gänsemarsch die anderen drei hinterher. Sie stehen in der Küche. In der Mitte steht ein Holztisch und vier Stühle, an jeder Tischseite einer. Blitzblank sauber. Für eine Küche riecht es hier stark nach Parfüm. „Hatschi!"

„Quirin!", zischt Miriam den Kleinen an. Sie gehen durch die Küche zur Tür. In diesem Zimmer zeigt Peter mit dem Finger gleich auf die andere Tür. Sie kommen in einen mit Nachtvorhängen verdunkelten Raum. Es müffelt nach altem Staub, aufgefrischt mit einer penetranten Parfümnote. „Hatschi!"

„Spinnst du, Quirin", entfährt es Stefan, „halt dir endlich die Nase zu!"

„Dann ersticke ich", antwortet Quirin beleidigt.

Miriam entschärft die Situation: „Atme durch den Mund. Und jetzt?" Miriam sieht zu Peter.

Stumm streckt er den Zeigefinger an die den Fenstern gegenüberliegende Wand. Hinter dem großen Tisch mit den hochlehnigen Stühlen steht die übergroße Kiste, mit einer dicken Wolldecke zugedeckt. In Reih und Glied stellen sie sich vor dem

Ding auf, als ginge es gleich darum, ein bedeutendes Kunstwerk zu enthüllen. Stefan tritt vor und zieht langsam an der Decke, bis sie vom Eigengewicht automatisch ins Rutschen kommt und auf den Boden gleitet. Sie ist so schwer, dass ihm der Zipfel aus den Fingern rutscht. Eine weiße Tiefkühltruhe steht vor ihnen. Miriam tritt einen Schritt vor. Sie hebt den Deckel. Sie braucht einige Kraft, denn wie ein Sog zieht es ihn wieder zurück. Weißes Licht blendet sie in diesem düsteren Zimmer. Kühle Nebelschwaden steigen auf. Nach einer Weile gibt die Truhe ihren Inhalt preis. Verschieden große Pakete in buntem Geschenkpapier eingewickelt liegen da. Jedes kunstvoll verziert mit einem roten, glänzenden Band – wie ein Weihnachtsgeschenk. Miriam stemmt mit der linken Hand den Deckel weiterhin nach oben und greift mit der Rechten nach einem eher kleinen Paket. Sie lässt den Deckel langsam herunter und mit einem Zischen saugt die Truhe ihr den Deckel aus der Hand. Ein dumpfer Knall. Miriam erschrickt.

„Komm, wir nehmen das mit und hauen ab!", sagt Stefan schelmisch grinsend.

„Das dürfen wir doch nicht", kommt es zögerlich von Miriam, so als wäre sie selbst nicht überzeugt von dem, was sie sagt.

„Ich will auch eins", protestiert Quirin mit nasaler Stimme, weil er sich die Nase immer noch zuhält.

„Nein, wir nehmen nur das mit", bestimmt Stefan.

„Die Truhe ist ja voll, das merkt die alte Tante doch gar nicht."

„Nein! Nur das eine. Keiner sagt etwas zu irgendjemandem, verstanden?", schärft Miriam allen ein. „Los, nichts wie weg hier."

„Halt! Die Decke!" Peter und Quirin schwirren ab, während Miriam und Stefan die Truhe mit der Decke wieder verhüllen. Stefan will das Paket auch mal halten. Nun rennen sie aus dem Zimmer durch das nächste. In der Küche scheint die Sonne so hell durch das Fenster, dass Miriam realisiert, dass es sicher schon fast Mittag ist. Ein Blickwechsel zu Stefan und sie weiß, dass er dasselbe denkt.

Draußen vor der Wohnung legt er das Paket auf den Boden und wartet, bis Miriam die Tür abgeschlossen hat und die Räuberleiter macht. Mit wackligen Knien steigt er hoch und lässt den Schlüssel fallen. Peter und Quirin stampfen bereits die Treppe hinunter und hören das Scheppern nicht.

„Mann!", entfährt es Miriam. Sie lässt Stefan herunter, greift nach dem Schlüssel und drückt ihn mit einem warnenden Blick in Stefans Hand. „Los! Jetzt aber richtig."

Stefan steigt nochmals hoch und platziert den Schlüssel auf dem Türrahmen. Miriam packt die Beute unter ihren Pullover und rennt die Treppe hinunter. Stefan hinterher. Das Gepolter hört sogar Zita. Sie steht auf und wedelt mit dem Schwanz. „Nichts für dich", schnauzt Stefan sie an und ist schon am Vierbeiner vorbei.

„Mir friert gleich der Bauch ein", murrt Miriam.

„Gib mir." Stefan schiebt sich das Ding zwischen Pullover und Jacke. Quirin und Peter rennen ohne irgendwelche Vorsichtsmaßnahmen über den Hinterhof hinunter zur Scheune. „Egal", meint Miriam und rennt hinterher. Stefan kann nicht so schnell rennen. Seine Beine schlendern in einer Art kreisenden X-Beinen unten aus dem Körper heraus, damit das Paket nicht herunterfällt. In der Scheune angekommen, entdecken beide sofort Opas Fahrrad. „Auweia, der ist …"

„Na, wo habt ihr euch denn herumgetrieben?" Opa kommt fast zeitgleich mit seinem Werkzeugkasten aus der Küche in die Scheune. Quirin und Peter stehen sofort stramm mit dem Rücken zur Wand. Opa will noch ein Späßchen draufsetzen, als er bemerkt, dass er ins Schwarze getroffen hat. Während Miriam rot anläuft, wird Stefan schneeweiß.

„Na?", fordert der Opa die beiden heraus.

Stefan hebt seine Jacke und hält das tiefgefrorene Paket in den Händen.

„Ach sooo." Kopfschüttelnd lässt er den Werkzeugkoffer auf den Boden sinken. „Das geht doch nicht, Kinder."

„Kann mir mal jemand helfen die Küche sauber zu machen?", ruft Oma.

Opa sieht von einem zum anderen und nimmt das Paket an sich. „Los, geht, helft Oma. Aber kein Wort zu ihr von dieser Räuberaktion! Ich bringe das dann wieder in Ordnung."

Mit gemischten Gefühlen eilen die Kinder in die Küche. Von der enormen Hilfsbereitschaft ist sogar die Oma angetan. Opa Wenzel zieht in der obersten Reihe beim Gestell über seiner Werkbank eine schmutzige Holzspanschachtel heraus. Darin hat er allerlei Schrauben, Muttern, Türgriffe, Schlösser und dergleichen gesammelt. Zum Teil haben sie bereits Rost angesetzt. Aber man weiß ja nie, wozu man so etwas noch mal brauchen kann, das hat er ja heute wieder erlebt. Nachdenklich schaut er das Paket an. Nun ist er selber neugierig geworden. Gestern hat er gedacht, Peter hätte sich das ausgedacht und seine Schilderung ausgeschmückt. Aber jetzt? Wenn er das so ansieht? Er wickelt das Geschenk rasch in altes Zeitungspapier, damit es nicht so schnell auftaut. Er schüttelt erneut seinen Kopf, dann legt er es an den frei gewordenen Platz und schiebt die Holzschachtel davor. Die Schachtel steht ein ganzes Stück vor. Das erinnert ihn daran, dass er noch etwas zu erledigen hat. Er stellt seine Werkzeugkiste zurück an ihren Platz und geht in die Küche.

Nun wird geputzt und gekocht. Plötzlich sagt die Oma: „Peter, musst du nicht nach Hause zum Mittagessen?"

Entgeistert sieht Peter auf. Nach Hause? Mami ist doch noch im Spital.

„Der Traktor ist schon vor zehn Minuten angekommen."

„Oh." Er dreht sich um, packt seine Jacke und rennt aus der Scheune hoch zum Bauernhof. Die Schokoladenstengeli haben wir auch nicht gegessen, schießt es ihm durch den Kopf. Zita hockt nicht auf der Treppe. Vorsichtig geht er hinein. Er hört aus der Küche Geschirr klappern. Großtante Hedna kocht irgendwie viel schneller als die Oma. Stumm setzt er sich auf seinen Platz.

„Ist die andere da?", fragt Hedna. Es fühlt sich niemand direkt angesprochen und deshalb erhält sie auch keine Antwort. Peter schaut Großonkel Hans an. Der macht eine Grimasse, sodass Peter sich mit den Händen den Mund zuhalten muss, um nicht zu lachen. Hedna brummt noch etwas vor sich hin und stellt eine Schüssel Hörnli, eine Schüssel Hackfleisch und eine Schüssel Apfelmus auf den Tisch. Für ihn und sie gibt es eine kleine Glasschale zum Teller für das Apfelmus. Großonkel Hans schöpft sich alles auf seinen großen Teller, vermischt es mit dem Suppenlöffel, schaufelt das Gemisch in sich hinein und schluckt es hinunter, ohne nur einmal darauf zu beißen. Peter macht es Hedna gleich und verrührt die Hörnli mit dem Hackfleisch. Das Apfelmus isst er aus der Glasschale mit dem Teelöffel. Manchmal fragt sich Peter, ob der Großonkel überhaupt Zähne hat. Punkt halb eins dreht Hans das Transistorradio an, das auf dem Küchenbuffet steht. Die Farbe ist undefinierbar vergilbt. Hans will die Nachrichten und das Wetter hören. Heute nicht in der Stube und ohne Mittagsschlaf. Peter wird es mulmig. Ahnt der etwas davon, was sie heute angestellt haben? Er starrt auf seinen Teller und isst weiter. Auch Großtante Hedna schlingt heute ungewöhnlich schnell das Essen hinunter. Peter hat noch nicht einmal die Hälfte geschafft, da steht Hedna schon auf und spricht mit vollem Mund, dass sie gleich wieder aufs Feld hinaus müssten, das Wetter schlage um. Gleichzeitig stapelt sie das Geschirr und stellt es in den Spültrog. Ein kurzer Wasserstrahl darauf, dass nicht alles so antrocknet, und dann geht sie Richtung Tür. Sie zieht die braunen Wollsocken aus ihren Stiefeln, stülpt sie über die Strümpfe und zwängt mit Gestöhn die Füße in die Gummistiefel. „Kommst du endlich?", keift sie zu Hans hinüber. Der steht auf, schubst mit den Kniekehlen sein Taburett zum Buffet, stellt das Transistorradio aus und watschelt hinterher. Er dreht sich nochmals kurz zu Peter um, zieht eine Grimasse und flüstert: „Viel Spaß bei Wenzel. Heute Abend möchte ich dann dein Räbenlichtlein sehen." Peter nickt mit vollem Mund. Ob er das schaffen wird? Sie haben ja erst den Deckel abgeschnitten. „Dem Puffgestank nach ist die andere wieder außer Haus", hört Peter Hedna murren. Zita knurrt kurz, als wolle sie Tante Magda verteidigen. Sie liegt vor der Küchentür. Peter isst weiter. Ihm wird ganz weh ums Herz. Ihm fehlt seine Mami. Er verkneift sich sein Heimweh. Ihm ist der Hunger vergangen. Er nimmt den Teller mit dem Hackfleisch und den Hörnli, vermischt es nochmals gut und bringt es Zita. Die freut sich und schlabbert alles eifrig weg. Wie frisch gewaschen sieht der Teller nun aus. Peter stellt ihn wieder auf den Tisch und zieht die Schale mit dem Apfelmus zu sich heran. Irgendwie fade. Er rutscht von seinem Taburett und schiebt das von Großonkel Hans ganz nah ans Buffet. Er steigt hoch und öffnet die Milchglastürchen, die aufgehen wie zwei Flügel. Er schiebt die vielen Papiersäcke, Zellophanbeutel und Kartonverpackungen auf der Suche nach einer Zuckerdose hin und her. Nichts. Jetzt sieht er, dass es unten eine Art kleinen Glasschubladen gibt. Er zieht eine Schublade nach der anderen heraus. In einer ist Mehl, in einer anderen Zucker, die weiteren interessieren ihn nicht mehr. Sie ist Peter zu schwer, um sie herunterzunehmen. Er holt sich eine Tasse und nimmt seinen Teelöffel mit. Dann schaufelt er ein paar Löffel Zucker in die Tasse. Als er die Schublade zurückschieben will, klemmt sie. Peter zieht sie nochmals etwas heraus und schiebt sie mit mehr Kraft zurück. Sie klemmt immer noch. Jetzt zieht er sie mit beiden Händen beinahe ganz heraus. Er muss aufpassen, dass sie ihm nicht aus den Händen rutscht. Auf dem Taburett bekommt er ganz wacklige Knie. Ein Stück Papier fällt auf die Buffetablage und Peter schiebt die Glasschublade mit dem Zucker zurück. Nun rutscht sie hinein. „Dieses blöde Papier", schimpft er. Er hebt das vergilbte Papier auf, das außen herum leicht gezackt ist. Er dreht es um. Es ist ein altes Foto. Darauf ist ein junger Mann zu sehen. Lässig lehnt er an einem Treppengeländer und schaut mit einem verschmitzten Lächeln Peter an. Peter gefällt dieser Mann. Ob das der Großonkel ist, als er noch nicht so alt war wie jetzt? Peter kommt das Treppengeländer bekannt vor. Es hat so kunstvolle Verzierungen und am Geländerende oben einen runden Knauf. Von der Treppe sieht man nur einen Teil. Zur Mitte hin hat es eine mit Gitterstäben verschlossene Öffnung. Peter steigt vom Taburett und rennt in den Flur. Zita erschrickt und trottet zu ihrem Teppich vor der Tür. Peter rennt diesmal nicht zur Hintertür, sondern zur Vordertür. Abgeschlossen. Er dreht den Schlüssel um und drückt die Türfalle herunter. Es fällt ihm wieder ein, dass er früher einmal mit Papi und Mami hier war. Und er war so beeindruckt, dass alle Türfallen und Umrandungen aus Gold waren. *Katzengold* hat damals sein Papi lachend gesagt und Mami hat etwas von *Messering* oder so ähnlich gesprochen und davon, dass Papi ihm nicht so einen Blödsinn erzählen soll. Peter fängt sich wieder, zieht die massive Holztür auf, die außen schön verziert ist und glänzt. Er stampft die Treppe hinunter. Da! Da ist der goldene Knopf. Auf dem Foto ist alles so bräunlich und man sieht nur, dass der Knopf glänzt. Er geht rückwärts über das Kopfsteinpflaster, bis der Blick dem des Fotos ähnelt. Genau. Hier wurde das Foto gemacht. Ob der Großonkel früher wirklich so ausgesehen hat? Hans hat nun fast weiße Haare und dieser Mann auf dem Bild hat auch helle Haare, das sieht man auch ohne Farben, denkt sich Peter. Stolz auf seine Beobachtungen geht er wieder hinein, schließt die Tür ab und schlendert in die Küche. Mami hat einmal zu ihm gesagt, er sei ein kleiner Detektiv, weil er so gut beobachten kann. Er weiß zwar nicht, was das genau ist, aber es hörte sich gut an, als sie es sagte. Wer das wohl sein mochte? Er steigt erneut auf das Taburett, streicht das Bild an seinem Bauch glatt und hebt die Glaszuckerdose leicht an. Dann schiebt er das Bild darunter. Jetzt fällt ihm auch wieder ein, was er wollte. Er nimmt die Tasse mit dem Zucker und schüttet alles auf sein Apfelmus. So schmeckt es ihm. Danach stellt er das Geschirr in den Spültrog auf das von Hedna und Hans. Er zieht sich an und verabschiedet sich mit einem knappen Tschüss bei Zita.

9. KAPITEL

Es weht ein kühler Wind. Er sieht zum Himmel hinauf und bemerkt, dass Wolken aufziehen. Er rennt über den Kiesplatz hinunter. Quirin steht breitbeinig unter dem Scheunentor. „Ich dachte schon, ich müsste dich holen. Der Traktor ist doch schon längst weg."

„Ich esse nicht so schnell wie die." Sie ziehen sich in die Scheune zurück und schließen das Tor. In wenigen Schritten stehen sie in der Werkstatt. Opa Junker zeigt ihnen nun, wie sie mit einem alten Küchenmesser das Fruchtfleisch oben beim Anschnitt etwas aufstochern können und dann mit einem Löffel ausschaben. Zudem hat er noch einen alten Kugelausstecher aus Omas Küche. Mit dem geht es am besten.

„Aber vorsichtig! Die Wand der Räbe darf nicht verletzt werden. So dick darf die schon stehen bleiben." Opa hält seinen kleinen Finger in die Luft. „Euch beiden höhle ich sie aus. Die Sterne und Herzen könnt ihr nachher mit den Guetzliformen anstechen und mit dem Küchenmesser behutsam die Schale der Räbe wegkratzen."

„Ich will ein Männchen von dir haben!", fordert Miriam ihren Opa heraus. Für seine Männchenfiguren ist er ja berühmt.

„Ich will zwei!", übertrifft Stefan seine Schwester, mit der Absicht, dass er weniger machen muss, und er schneller fertig wird. Er hat schon mit dem Aushöhlen genug von dem Räbenlicht. Peter und Quirin sehen zu, wie gekonnt Opa das macht. Während Stefan und Miriam mit der Räbe zu kämpfen haben.

„Das blöde Ding kann ich ja kaum halten", schimpft Stefan. Aber aufgeben kommt für ihn nicht infrage.

Nach einer Weile taucht Oma auf. „Schon wieder ein Rohrbruch?", fragt Opa und schielt über die Brille zu ihr hin. „Nein, nein. Ich habe nur den Papiersack mit den Schoggistengeli gefunden und dachte, die Kinder vertragen eine Pause." Das lässt sich niemand zweimal sagen.

„Hoffentlich sind die nicht so alt wie der Papiersack", grinst der Opa.

Oma faltet den Sack fein säuberlich zusammen und nimmt ihn wieder mit in die Küche. Plötzlich knallt ein Laden an das Fenster der Werkstatt. „Hoppla!" entfährt es Opa. „Da kommt ja ein richtiger Herbststurm auf." Er hopst von seinem Baumstamm herunter, der ihm als Hocker dient, und geht hinaus. Von außen drückt er den Laden zu und befestigt ihn. „Hoffentlich kommen Hedna und Hans bald vom Feld zurück, sonst werden die böse verregnet." Jetzt zieht sich der Himmel zu einer schwarzen Wand zusammen. Der Wind rüttelt am Scheunentor. Von der Küche ruft Oma, sie sollen reinkommen. Es beginnt zu blitzen und zu donnern. Die Abstände werden immer kürzer. Zwischen Blitz und Donner sind es kaum zwei Sekunden. „Das ist aber gefährlich nahe", kommt es Opa Wenzel über die Lippen, der seine Tabakpfeife stopfen will, jetzt aber innehält. Oma fordert alle auf, in die Stube zu gehen. Der Kachelofen ist gemütlich warm und die Kinder setzen sich auf die Ofenbank. Opa steckt die Tabakpfeife weg. In der Stube darf er nicht rauchen, die Vorhänge werden zu schnell gelb, sagt die Oma. Der Sturm rüttelt an den Fensterläden. Dann verdunkelt sich die Welt, als würde sie untergehen wollen. Der Regen setzt ein. Wie aus Kübeln prasselt er hernieder. Der Wind schleudert die Wassermassen an die Fenster. „Schnell!", ruft die Oma aufgebracht. Opa springt sofort auf. Aus dem Schrank zieht die Oma einen Stapel Handtücher. Die Hälfte drückt sie Opa in die Hände. Nun schütteln sie die Tücher auf, rollen sie zu Stoffwürsten und schieben sie unter die Fenster. Auf den schmalen Holzsimsen bilden sich bereits kleine Weiher. Oma rennt mit ihrem Bündel ins anliegende Schlafzimmer und dichtet dort alle Fenster ab. Der obere Stock wird vom überhängenden Hausdach geschützt. Miriam rennt in die Küche und holt zwei Schüsseln. Sie hat das schon einmal erlebt. Sie bringt eine Oma und eine Opa. Diese wringen das Wasser aus den Tüchern und dichten wieder ab. Die Tücher saugen sich immer schneller voll. Regen, Wind, Blitz und Donner vermischen sich zu einem bedrohlichen Schauspiel. Es dauert eine ganze Weile, ehe sich das Gewitter mit dem Wind verzieht. Der Regen strömt nun wie ein geschlossener Vorhang gerade herunter. Quirin und Peter halten sich an der Ofenbank fest und starren angespannt auf das Geschehnis. Sie können die Scheune und den Stall vom Bauernhof kaum ausmachen. Sie sehen nur noch dunkle Umrisse. Wenigstens dringt jetzt kein Wasser mehr durch die undichten Fensterrahmen. Oma holt trockene Geschirrtücher, um nachzutrocknen. Opa trägt die nassen Lappen in die Waschküche hinunter. Danach balanciert er eine volle Wasserschüssel in die Küche und schüttet das Wasser in den Ausguss. Vorsichtig öffnet er das Türchen unter dem Spültrog und prüft, ob seine Reparatur geglückt ist. Es ist alles trocken. „Wenigstens das hält", murmelt er vor sich hin. Dann holt er die zweite Schüssel aus der Stube.

„Wo bloß Hedna und Hans abgeblieben sind?", fragt die Oma und klemmt die feuchten Geschirrtücher unter den linken Arm. Mit der rechten Hand fährt sie prüfend über jedes Fenstersims, damit kein Wassertropfen und keine feuchte Stelle überleben kann. Der Regen lässt nach und draußen nimmt alles wieder seine alten Konturen an. Die drei Buben hocken noch wie gelähmt da.

Stefan taut als Erster auf. „Pah, das war vielleicht ein Unwetter!", dramatisiert er, um von seiner Angst abzulenken, „fast hätte es das ganze Haus weggeschwemmt!"

Opa schmunzelt, zieht seine halb gestopfte Pfeife aus der Wollweste und geht in die Küche. Er braucht jetzt eine Friedenspfeife, wie er das nennt. Peter geht ihm sofort nach. Er riecht das so gern und er beobachtet Opa Junker, wie er die Pfeife im Lederbeutel fertig stopft, sie in den Mund nimmt, mit den Zähnen darauf beißt und gleichzeitig reden kann, wie er mit dem brennenden Streichholz über den Tabak fährt, kräftig zieht und die Flamme fast erlischt, dann wieder aufflackert und durch das erneute Ziehen den Tabak entzündet, sodass er anfängt rot zu glühen. Genüsslich bläst der Opa den Rauch aus. Dieser verflüchtigt sich rasch und verbreitet diesen feinen Duft. In der Zwischenzeit haben sich die anderen dazugesellt und genießen schweigend Opas Rauchritual. Nach einer Weile dreht sich der Opa um, streckt sich seitlich zum Herd, nimmt den Aschenbecher und klopft die Pfeife aus. „So Kinder, mal sehen, wie es in der Werkstatt aussieht." Mit beiden Händen stemmt er sich vom Tisch hoch, als würde es ihn Überwindung kosten, diesen Schritt zu gehen. Als alle in der Werkstatt stehen, wissen sie auch wieso. Das Regenwasser ist unter dem Scheunentor hindurchgelaufen und wie ein Bach in die Werkstatt geflossen. Dabei hat es eine braune Sandspur auf dem Bretterboden hinterlassen, während sich das Wasser in den Ritzen verkrochen hat. Ratlos stehen die Kinder herum, während Opa mit einem Besen den kleinen schwarzen Ofen in der hinteren Ecke von einer Holzstaubschicht befreit. „Einmal tüchtig einheizen, dann ist bis morgen schon fast alles wieder trocken." Er schiebt das Holz in den Ofen, zerknüllt eine alte Zeitung und zündet sie an. Schnell brennt es, und Opa schließt das Ofentürchen. Oben zieht er den Schieber heraus, damit genug Luft durchziehen kann und das Feuer nicht erstickt. Mit einer Holzkrücke versucht er die Sandbank wegzuschieben. Aber er verteilt den Dreck mehr, als dass er ihn aus der Werkstatt in die Scheune hinausschieben kann.

„Na, dann eben nicht. Warten wir bis morgen. Wenn er trocken ist, fegen wir ihn mit dem Besen einfach hinaus", rechtfertigt er seine misslungene Aktion.

„Oh, ich höre den Traktor kommen", sagt Miriam.

Alle gehen hinaus. Ganze Furchen hat der Regen aus dem Kiesplatz gespült und die Steine mit dem Sand zu kleinen Mauern auf die Seite zu Junkers Hausplatz geschoben.

„Opa, schau! Das sieht gut aus!" Stefan ist ganz begeistert. Ein beißend greller Sonnenstrahl zwängt sich durch die Wolkenwand und verleiht der Atmosphäre etwas Unwirkliches. Quirin legt gleich los und will eine Mauer quer über den Platz bauen. So kann er das Wasser zu einem See stauen.

Oma beschleicht ein ungutes Gefühl: „Was hat das alles zu bedeuten?"

„Ach du mit deinen Unheilsahnungen", beschwichtigt Opa sie und geht ein paar Schritte vor.

Hans lenkt den Traktor mit dem Wagen halb voll mit Räben mitten auf den Hinterhofplatz. Hedna klettert vom Sitz über dem rechten Hinterrad des Traktors. Sie hat sich aus einem braunen Jutesack eine Kapuze gemacht und sieht aus wie ein Gespenst. Hans steigt ebenfalls vom Traktor. Er hat einen Filzhut auf dem Kopf, der heruntergehängt wie ein Putzlappen und auf seine nasse Überbluse tropft.

„Verdammtes Sauwetter!", flucht er, reißt sich den Filzlappen vom Kopf, sodass es ihm seine spärlichen Haare langzieht und über die Stirn bis in die Augen glatt verteilt. Dann wirft er den nassen Fetzen gegen die Scheunenwand und lässt ihn auf dem Boden liegen.

„Wie habt ihr denn diesen Sturm überlebt?", fragt Oma mit einer sonderbaren Stimme. Das ist das erste Mal, dass Peter mitbekommt, dass sie sich mit ihnen unterhält.

„Unter dem Wagen haben wir uns verkrochen wie Diebe!", keift Hedna mit wütender Stimme.

„Und das Scheißdreckwasser ist mir direkt hinten in den Kragen gelaufen!", faucht Hans. „Wir hätten einfach früher nach Hause fahren sollen, wie ich es gesagt habe!"

„Ach was! Hinterher ist man immer schlauer", wendet sich Hedna ab. Quirin muss lachen. So wie die beiden aussehen, das findet er lustig. „Psst!", zischt die Oma. „Das gehört sich nicht, sich lustig zu machen über das Schicksal anderer."

Opa muss sich selbst das Grinsen verkneifen und die anderen Kinder halten sich sofort den Mund mit den Händen zu. „Peter kann heute bei uns essen", ruft die Oma Hedna zu.

„Gute Idee", bestätigt Opa. Sie befürchten beide, dass der Junge sonst alles abbekommt von dieser miesen Laune. Wortlos verschwindet Hans in der Scheune und Hedna im Haus. Miriam schaut Opa ganz verdutzt an. „Können die nicht danke sagen?"

„Psst!", zischt Oma im Umdrehen und geht zurück ins Haus. Opa dreht sich ebenfalls um, hält den Zeigefinger auf seine Lippen und zieht die Augenbrauen hoch. Das ist das deutliche Signal, dass jetzt den Mund halten angesagt ist. Die Sonne hat sich wieder verdrückt und es ist kühl geworden. Opa breitet beide Arme aus und fegt die Kinder in die Werkstatt zurück.

„Bis zum Abendbrot schnitzen wir noch ein bisschen an unseren Räben." Er legt im Ofen Holz nach. In die ausgehöhlte Räbe Sterne vorstechen und mit dem Küchenmesser schnitzen hat sich Peter einfacher vorgestellt. Quirin hat das große Messer in die Finger bekommen. Er sticht mit aller Kraft hinein und zieht das Messer durch. Ein riesiges Stück springt ab. „Opa, schau, meine habe ich aufgeschlitzt", lacht Quirin. Opa ist immer wieder verblüfft, was für einen unverdorbenen Humor dieser Junge hat. Während andere Kinder eingeschüchtert sind oder zu weinen beginnen, wenn etwas schiefläuft, lacht Quirin einfach aus dem Bauch heraus. Quirin teilt die Räbe ganz. „Opa, wir können jetzt die Sterne schnitzen und dann kleben wir die Räbe wieder zusammen."

„Klar, am besten nimmst du Zement zum Kleben", spottet Miriam.

„Und die Kerze kannst du dann auch gleich einmauern, du Knilch?", triumphiert Stefan.

Peter schaut belustigt zu. Er amüsiert sich darüber, dass sich Quirin vom Gespött seiner Geschwister nicht beirren lässt. „Opa, hast du einen Räbenverband?"

„Klar", meint Opa mit gesetzter Stimme und holt eine große Rolle Bast vom Gestell. „Damit wickeln wir den Patient ein. Mal sehen, ob es klappt."

Miriam schnitzt gekonnt Herzen und Sterne in ihre Räbe. Stefan kämpft mit seinem Gemüse, will sich aber keine Blöße geben. Peter wartet lieber auf Opa, dass der ihm hilft. Er genießt hier Gastbonus. Quirins bandagierte Räbe sieht komisch aus.

„Nach dem Abendessen setzen wir die Kerzen ein", muntert Opa die Kinder auf. Er legt nochmals Holz nach und schnitzt mit dem Küchenmesser ein paar Figuren in Peters und Stefans Räbe.

„Es gibt Abendbrot", ruft Oma aus der Küche. Peter bemerkt sofort, dass die Oma nun wieder diese liebenswerte Art hat, nicht so wie vorhin, draußen. Oma Junker hat hübsche Platten mit Käse und Aufschnitt hergerichtet. Beide verziert mit gekochten Eiern, Essiggurken und Nüssen. Dazu schmiert sie Butterbrote und serviert heiße Honigmilch. Peter kommt es wie ein Festessen vor. Er beobachtet kurz Opa und Oma und stellt fest, dass sie das Essen kauen, nicht wie Großonkel Hans bloß schlucken. Peter isst ganz langsam. Er genießt es, hier zu sein. Er will möglichst lange nicht zurück. Die Kerzen müssen sie ja auch noch einsetzen, um die Räbenlichter zu testen. Jetzt schmeckt es ihm noch besser.

In der Werkstatt ist es wieder kühler geworden. Opa legt nochmals Holz nach. Die Kerzen in die Räben einsetzen ist nur bei Quirins Flickräbe schwierig. Opa löscht das Licht und die Räbenlichter von Miriam, Stefan und Peter leuchten herrlich. Quirin findet seine am tollsten.

„Wir müssen nur aufpassen, dass der Bast nicht Feuer fängt", meint der Opa nachdenklich. „Aber jetzt ist erst mal Feierabend. Ab in die Stube zu Oma. Ich bringe Peter nach Hause."

Mit einem Stöhnen verabschieden sich die Kinder voneinander. Sie hätten gerne noch etwas weitergemacht. Opa und Peter ziehen die Jacken am Kragen fest zu, ziehen die Köpfe ein und gehen über den Platz. Die alte Lampe an der Scheunenecke von Großonkel Hans gibt spärlich Licht ab. Es reicht, um den Weg zu sehen und nicht über die ausgewaschenen Furchen zu stolpern. Oben auf der Treppe klopft Opa mit der Faust an die angelehnte Tür und ruft in den Gang hinein: „Hedna, ich bringe Peter zurück." Er setzt keinen Schritt ins Haus. Peter steht derweil drinnen.

„Ist gut", kommt es knapp zurück.

Opa ist es, als wollte er noch etwas fragen oder sagen, aber es fällt ihm im Moment nicht ein. Er winkt Peter nochmals zu sich und flüstert ihm gute Nacht ins Ohr und bis morgen. Dann dreht er sich um und geht. Zita liegt die ganze Zeit daneben und bewegt nur ihre Augen. Peter geht in die Küche, zieht seine Jacke und die Schuhe aus, schlüpft in seine Tigerfinken und schleicht Richtung Tisch. Jetzt fällt ihm das Foto wieder ein. Soll er die Großtante fragen, wer das ist? Er beschließt, dass das kein guter Zeitpunkt ist. Hedna macht sich am Spültrog zu schaffen und würdigt ihn keines Blickes.

„Ich gehe in die Stube spielen", kommt es halblaut über seine Lippen. Er fühlt sich unwohl in dieser Atmosphäre und traut sich nicht einmal, etwas über die Räbenlichtlein zu erzählen. Er bekommt keine Antwort und verdrückt sich in die Stube. Er spürt, wie ihn gleich ein Heimwehanfall überkommen wird, als er Hedna keifen hört: „Wo hast du dich bloß wieder herumgetrieben! Gerade heute hätten wir zwei Hände mehr gebrauchen können! Schämst du dich eigentlich nicht, überhaupt nie anzupacken? Immerhin ist Hans dein Bruder!" Dann scheppert ein Pfannendeckel oder etwas Ähnliches gegen eine Wand und dann zu Boden. Peter zuckt zusammen. Er schleicht zur Tür, die zum Flur hinausführt, und öffnet sie einen Spalt. Er hört, wie Magda die Holztreppe hinaufstöckelt. Sie gibt Hedna keine Antwort. Dann fällt die Tür lauter als sonst ins Schloss. Kurz darauf geht diese komische Musik an. Auch lauter als sonst. Peter schließt die Tür wieder und zieht die Holzkiste mit den Spielklötzen hervor. Kinderkram. Er ist doch zu alt für Bauklötze. Jetzt hört er Hans mit Zita reden. Dann geht er in die Küche für sein zweites Abendessen.

„Ich will gar nichts hören", faucht er Hedna an, bevor die richtig Luft holen kann. Dann hört Peter das Taburett über den Boden schleifen und Geschirr klappern. Ruhe. Dann der übliche

Ablauf. Hans geht in die andere Stube, dreht den Fernseher an für die Tagesschau. Kurz darauf holt ihn Hedna von den Spielklötzen weg und bringt ihn zu Bett, oder was sie unter dieser Abfertigung versteht. Peter fragt sich, wie die das bloß mit ihrer Tochter gemacht haben? Die haben doch eine Tochter. Peter strengt sich an, wach zu bleiben, falls etwas passiert in diesem Haus. Er schläft schneller ein als gestern.

10. KAPITEL

Am Morgen hockt der Nebel zwischen den Häusern. Peter findet es unangenehm aufzustehen. Aber er wartet nicht auf Hedna. Im Badezimmer, mit der Waschmaschine in der Ecke und den Wäscheseilen parallel zur Wand, fühlt sich alles feucht an. Der braune Ofen in der Mitte des Raumes ist aus. Da ist es ja in Opa Junkers Werkstatt gemütlicher, denkt er. Er freut sich schon darauf. Er zieht sich an, und ohne einen Tropfen Wasser anzuschauen, geht er direkt in die Küche. Da steht die Ofentür offen und das Feuer hat von den zerknüllten Zeitungen auf das Hackholz übergegriffen. Die großen Scheite obendrauf haben die Flammen noch nicht erreicht. Peter sitzt auf sein Taburett.

Hans schaut auf: „Na? Ist die Räbe fertig?"

Peter nickt ein Ja.

„Hast du sie selber geschnitzt?"

„Nein, Opa hat mir geholfen."

„Jetzt sagt der schon Opa zum Wenzel. Ist ja allerhand!", durchschneidet Hednas schrille Stimme diesen kurzen Moment der Gemütlichkeit. Dass er selber aufgestanden ist, scheint sie nicht zu interessieren. Hans zieht eine Grimasse zu Peter und bedeutet ihm, er soll nicht auf sie hören. Ein leichtes Aufatmen von Peter wird durch Hedna gleich wieder gestoppt: „Heute können wir nicht aufs Feld. Alles viel zu nass." Ihn überkommt eine böse Vorahnung. NEIN! Muss er jetzt den ganzen Tag mit denen verbringen? Er sinkt in sich zusammen.

Hans scheint seine Gedanken zu erraten und meint: „Du kannst mit den Enkelkindern von Junkers zum Zirkus gehen. Hedna und ich müssen den Mäher zum Landmaschinenmechaniker bringen. Dort sehe ich mir gerne die anderen Traktoren und Ma…"

„Es wird nichts gekauft!"

Hans zieht die Augenbrauen hoch und dreht den Kopf leicht zu Hedna, die am Spültrog hantiert. „Schauen werde ich wohl noch dürfen."

„Zeitverschwendung."

Er schlürft seinen Milchkaffee weiter und schmiert zentimeterdick Butter und Konfitüre auf sein Brot. Peter beobachtet ihn genau, wie er das macht. Der Großonkel bricht jeweils einen Brocken Brot ab, schmiert dann eine Scheibe Butter darauf, häuft ein riesige Ladung Konfitüre wie eine Bergspitze darauf und schiebt es in seinen Mund, bevor alles vom Brot rutscht. Es wird weder abgebissen noch gekaut. Dann schlürft er Milchkaffee aus seiner Milchkachel und die Prozedur beginnt wieder von Neuem. Peter würgt es schon beim Zusehen. Endlich setzt sich Hedna an den Tisch und beginnt auch zu frühstücken. Für Peter schmiert sie normale Konfitürenbrote. „Ist der Kakao süß genug?", fragt sie ihn. Peter ist verdattert. Dass beide nicht in Eile sind und wegspringen, ist neu. Und dass er gefragt wird, ob es … Jetzt fällt ihm das Foto unter der Zuckerdose ein. Ein mulmiges Gefühl beschleicht ihn. Sofort nickt er mit vollem Mund.

„Na, das freut mich." Jetzt ist Peter ganz irritiert. Großtante Hedna kann ja richtig freundlich sein, denkt er und schaut sie gebannt an, während er kaut. Plötzlich ertönt von oben laute Musik.

Hedna holt mit vollem Mund Luft, als die Musik schlagartig leiser wird. „Die kann's nicht lassen", schmatzt Hedna vor sich hin und rollt mit den Augen.

Nach dem Essen geht Hedna mit Peter in das ungemütliche Badezimmer. Jetzt muss er sich doch noch waschen und zum Anziehen legt sie ihm frische Kleider hin. Als sie aus dem Bad kommen, steckt ihm Hans eine Zwanzig-Franken-Note zu. Peter schaut ganz verdutzt auf so viel Geld. Die Musik ist hier auf dem Flur wieder lauter. „Danke", sagt Peter kaum hörbar.

Hans zuckt mit den Schultern. „DANKE!", übertönt Peter die Klänge von oben. Hans grinst und schickt Peter los zu Junkers. Hedna ist in die Küche verschwunden. Peter würde am liebsten in den Wegfurchen hinunterstampfen, aber dann würden seine Schuhe dreckig werden, und das kommt sicher nicht gut an. Er klopft mit der Faust an das Scheunentor.

„Komme", tönt Opas freundliche Stimme. „Oh, du siehst aber schick aus, junger Mann", verneigt sich Opa vor ihm. Peter marschiert im Hohlkreuz hinein.

Stefan rennt ihm entgegen: „Hei! Wir fahren mit dem Zug in den Zirkus! Super, gell?"

„Ja, wo ..."

„Oma hat Fahrkarten gewonnen bei einem Wettbewerb bei der Bahn. Sie fährt so gerne Bahn. Wenn es nach ihr ginge, würde sie jeden Tag auf den Schienen um die Welt düsen. Aber Opa ist ein Bahnmuffel. Er kommt nicht mit. Jetzt hat Oma einfach die fehlenden Fahrkarten bestellt und geschaut, wo was los ist für uns. Ist sie nicht super?", sprudelt es nur so aus Stefan heraus.

„Musst du nicht mal Luft holen?", scherzt die Oma. „Komm herein, wir sind gleich so weit."

„Wir fahren zwei Stunden mit dem Zug. Dann essen wir irgendwo zu Mittag und am Nachmittag gehen wir in die Vorstellung. Wir kommen erst am Abend wieder zurück", spult Miriam das Programm wie auswendig gelernt herunter. Peter kommt kaum mit.

„Ist alles abgesprochen mit Hedna und Hans, mach dir keine Sorgen", beruhigt ihn Opa.

Peter ist wirklich erleichtert. Er fragt sich nur, wann die jeweils miteinander reden.

Quirin postiert sich wie ein Soldat vor Peter. „Ich komme auch mit. Ich gehe zum Lokführer und sag ihm guten Tag."

„Das will ich sehen", lacht Miriam.

Oma hat sich herausgeputzt, dass sich Opa ein anzügliches Pfeifen nicht verkneifen kann. „Alter Charmeur", flüstert Oma. Opa grinst übers ganze Gesicht. Die Rasselbande verabschiedet sich von Opa, und Oma übernimmt das Kommando. Opa winkt noch nach, bis sie auf der Hauptstraße verschwinden.

11. KAPITEL

Opa geht zurück in die Werkstatt, hockt sich auf einen Hackklotz und zündet sich eine Tabakpfeife an. Als er so genüsslich am Rauchen ist, springt ihm die vorstehende Schraubenschachtel ins Auge. „Ach du heiliges Kanonenrohr!" Das hat er ja komplett vergessen. Das tiefgefrorene Paket. Und gestern hat er noch so geheizt, das kann ja heiter werden. Ob Magda zu Hause ist? Wie soll er ihr das nur beibringen? Er klopft seine Pfeife aus, dann zieht er die Schachtel heraus. Der Boden ist nass. Er stützt sie mit der linken Hand, damit sie nicht auseinanderfällt, und stellt sie auf die Werkbank. Dann kramt er eine alte Zeitung hervor und stellt die Schachtel darauf. Es bildet sich ein feuchter Fleck in einem rosa Farbton. An seiner linken Hand ebenfalls. Die alte Holzschachtel färbt auch noch ab, denkt er bei sich. Er stellt sich auf die Zehenspitzen und tappt nach dem Paket. Es ist feucht. Er nimmt es und legt es neben die Schraubenschachtel. Nun holt er Putzfäden und steigt auf einen Holzklotz, damit er das Brett oben trocken reiben kann, bevor er die Kiste wieder an ihren Platz schiebt. Die Fäden nehmen ebenfalls eine rosa Farbe an. Opa Wenzel steigt zurück auf den Boden. Sein Blick springt von den Putzfäden zum Paket. Die alte Zeitung, die er gestern darum herumgewickelt hat, ist aufgegangen. Opa schaut auf das rote Band. „Billiges Zeug, das so abfärbt. Versaut mir noch mein Werkzeuggestell", brummelt er vor sich hin. Er entscheidet, dass es besser ist, wenn er das Fach trocknen lässt, bevor er die Kiste zurückstellt. Nachdenklich und neugierig schaut er auf das Paket. Es ist so unförmig. Er sinniert vor sich hin. Soll er einen Blick riskieren? Soll er es lassen? Er kann es ja wieder genauso einpacken, dann fällt es nicht auf. Im Notfall muss er es Magda eben gestehen, wenn er es nicht so hübsch hinkriegt. Oder er kann ja sagen, dass es durch das Auftauen so geworden ist. Plötzlich schmunzelt er vor sich hin: „Wenzel, Wenzel! Lausbub mit nichts als Flausen im Kopf!", zitiert er seine Mutter. Sie hat das früher immer zu ihm gesagt. Er hat auch alles angestellt, was man nur anstellen konnte und seine Ausreden waren legendär. Spitzbübisch zieht er an der roten Masche und wickelt das feuchte Geschenkpapier auf.

„Boah!", schreit er auf. Er lässt das Paket fallen, geht zwei Schritte rückwärts und stolpert über den Holzklotz, auf dem er vorhin nichts ahnend stand. Als er wieder zu sich kommt, fasst er sich an den Hinterkopf. Eine Beule steht hervor wie ein Horn. Er schaut sich seine Hand an. Kein Blut. Gott sei Dank. Opa Wenzel steht auf und sieht sich das Ding erst mal mit Abstand an. Mit wackligen Schritten nähert er sich der Werkbank. Mit beiden Händen stützt er sich ab und betrachtet den Inhalt. Jetzt spürt er, wie es ihm den Magen umdreht. Er rennt in die Küche. Er erreicht sie nicht mehr. Er kotzt in den Kübel mit den Schnitzeln von den ausgehöhlten Räben. Es würgt ihn dermaßen, dass es ihm fast die Eingeweide verknotet. Als nichts mehr kommt, geht er in die Küche. Er nimmt ein Trinkglas und füllt es bis zur Hälfte mit Schnaps. Eigenbrand von Cousin Fritz. Über vierzig Prozent. Wenzel brennt es die Speiseröhre hinunter. Sein Magen fühlt sich an wie loderndes Feuer. Jetzt steigt ihm die Hitze in den Kopf. Wenzel lehnt sich über den Spültrog, zupft das Handtuch vom Halter und durchnässt es mit kaltem Wasser. Er wringt das Tuch nur grob aus und wickelt es um seinen Schädel wie einen Turban. Wenn ihn jetzt die Oma sehen könnte, die würde sich auf die alten Tage noch von ihm scheiden lassen, denkt er. Wie komme ich bloß wieder aus dem Schlamassel heraus, schießt es ihm durch den Brummschädel. Er zieht das Tuch von seinem Kopf und lässt es um den Hals hängen. Er legt sich auf die Küchenbank. Nach einer Weile rafft er sich auf. Mühselig steht er auf. Sein ganzer Körper fühlt sich an, als hätte jemand sein Blut durch Blei ausgetauscht. Er geht zurück in die Werkstatt. Er nimmt den Eimer mit dem Schnitzelkotzgemisch und leert ihn hinter der Scheune auf den Kompost. Aus dem Regenwasserfass schöpft er Wasser in den Kübel und schwenkt ihn aus. Zurück in der Werkstatt geht er zu dem Paket. Den Eimer lässt er nicht los, falls ... Er schaut sich das genau an und ist sich sicher: Das ist ein Stück von einem ...

Krriinnngg!, schellt das Telefon.

Wenzel sackt zusammen, lässt den Kübel fallen und kann sich gerade noch auf den Beinen halten. „Welcher Idiot ruft jetzt an!", flucht er. Krriinnngg! Er prüft seine Hosen und Schuhe, ob er nichts mit sich schleppt. Nicht dass er zu allem Übel hinterher noch das Haus putzen muss. Krriinnngg! Sicherheitshalber schlüpft er aus den Schuhen und geht in den Socken hinein.
„Junker?"
Nichts. Aufgelegt.
„Verflucht und eins!" Jetzt spürt er, dass seine Füße feucht sind. Er hat die Kotze beim ersten Hineingehen mitgeschleppt und ist nun mit den Socken hineingetreten. „Das darf nicht wahr sein. Ruhig Blut jetzt, Herr Wenzel Junker. Ruhig Blut", spricht er zu sich selber und plant sein weiteres Vorgehen. Er zieht seine Socken aus und wäscht sie kurz in der Küche aus. Schlüpft barfuß in seine Hausschuhe. Geht in den Keller, wirft die nassen Socken und das Tuch, das noch um seinen Hals baumelt, in den Wäschekorb. Nebenan schnappt er sich Putzeimer, Lappen und Schrubber. Geht in die Küche. Füllt den Eimer zu einem Drittel, schüttet Putzmittel hinein und schrubbt den Küchenboden bis zur Werkstatt. Kippt den Kübel draußen hinter der Werkstatt seitlich von der Tür aus. Geht zurück. Stellt das Putzzeug an seinen Platz zurück. Geht ins Schlafzimmer. Zieht sich frische Socken an. Setzt sich an den Küchentisch. Gießt sich noch einen „Fritzi" ein, wie er den Eigenbrand von Cousin Fritz nennt. Stopft sich eine Pfeife. Steckt die gestopfte Pfeife in seine Kitteltasche. Würgt den letzten Schluck „Fritzi" hinunter und nimmt all seinen Mut zusammen. Er atmet tief durch und geht in die Werkstatt. Er schlüpft in seine Gartenschuhe. Ohne sie zu binden, nähert er sich vorsichtig dem Paket. „Tatsächl…" Seine Stimme versagt. Vor ihm liegt ein Stück von einem Unterarm eines Menschen. Leicht behaart. Das aufgetaute Blut gibt einen rosa Saft ab. Opa Wenzel wäre jetzt doch lieber in einem Zug als hier, obwohl er dieses Bahngeratter hasst. Er zieht seine Gummihandschuhe an, die er für spezielle Gartenarbeiten parat liegen hat, und wickelt mit einer alten Zeitung das Geschenkpapier, das rote Band und dieses fleischige Etwas ein. Bevor er in die Küche geht, zieht er die Gummihandschuhe und Gartenschuhe aus, stellt sie fein

säuberlich vor dem kleinen Gang, der die Werkstatt und die Küche trennt, ab, geht in die Küche, und sucht nach der Rolle mit den Plastikbeuteln, die Oma zum Tiefgefrieren benötigt. Endlich findet er sie. Er reißt an der perforierten Stelle einen Beutel ab und geht zurück. Er schlüpft in die Gummihandschuhe und Gartenschuhe wie ferngesteuert. Naserümpfend und mit zusammengekniffenen Augen wickelt er die Zeitung ganz ab und schiebt das glitschige Paket in den Plastiksack. Danach kramt er eine weitere alte Zeitung neben dem Ofen hervor, achtet darauf, dass kein Name von ihm oder eine handschriftliche Notiz darauf steht, und wickelt den Beutel ein. Er schaut sich suchend um, wo er das Paket verstauen könnte. Nun prasseln die Gedanken auf ihn wie gestern die Regentropfen auf die Fenster. Soll er es der Polizei bringen? Wie soll er erklären, wie er dazu gekommen ist? Soll er Magda aufsuchen? Magda? Sie heißt ja eigentlich Adelheid. Wie war das noch mal? Ach ja. Hedna hat ihre Schwägerin des Öfteren Magd geschimpft. Und als Ursula noch klein war, sagte sie immer: *Magd da*. Irgendwann war Adelheid einfach *Magda*. Opa schüttelt seinen Kopf. Wie so etwas kommen kann? Für Adelheid war das doch sicher unangenehm. Aber auch er hat den Namen Magda übernommen. Nur Oma nicht. Im Nachhinein schämt er sich richtig. Er räuspert sich und besinnt sich auf sein ursprüngliches Vorhaben. Sein Blick schweift durch die Werkstatt. Hinter dem Ofenrohr findet er eine dunkle Ecke, die er für geeignet hält. Er schiebt das Zeitungspaket hinter das Ofenrohr. Dann räumt der die feuchten Zeitungen auf der Werkbank zusammen und stopft sie in den Ofen. Er tränkt die Putzfäden mit Benzin vom Rasenmäher und schiebt sie unter die Zeitungen im Ofen. Dann zündet er es an, und ohne das Feuer zu beobachten, schließt er die Ofentür und zieht oben den Schieber, damit genug Sauerstoff durchzieht. Er streift die Gartenhandschuhe ab und trottet aus der Werkstatt durch die Scheune vors Haus. Die Sonne kämpft gegen den Nebel. Opa blinzelt sie an. Nur zu, gleich hast du es geschafft und bescherst uns einen schönen Tag, fleht er sie in Gedanken an. Neben seiner Scheune zum Hühnerstall hin steht der Scheitstock zugedeckt mit einer Plane. Er zieht die Plane weg, lässt sie auf den Boden fallen, und plumpst erschöpft auf den Scheitstock. Er zieht seine gestopfte Pfeife aus dem Kittel und zündet sie an. Plötzlich fühlt er sich beobachtet. Er dreht den Kopf und schaut zum Bauernhaus hinauf. Nichts. Zita liegt oben auf der Treppe wie immer. Was ist in diesen Wänden vorgegangen? Wenzel wendet sich wieder ab und raucht weiter. Es hat ihm auch schon besser geschmeckt. Er fängt an zu rechnen. Also seine Frau kommt mit den Kindern sicher nicht erst abends zurück. Vielleicht später Nachmittag. Er hebt den Kopf und schaut auf die Kirchturmuhr. Gleich elf. Das Mittagsgeläut setzt ein. Heute haben die Glocken einen beklemmenden Klang. Nicht wie sonst, wo er sich freut, dass es bald etwas Feines zu essen gibt. Heute klingen sie schwermütig. Nach Beerdigung. Wenzel zuckt zusammen. Er klopft die Pfeife am Scheitstock aus. Wieder überkommt ihn dieses Gefühl, als ob ihn jemand beobachtet. Er steht auf, bückt sich, um die Plane aufzuheben und den Scheitstock wieder abzudecken, da erblickt er sie. Oben auf der Treppe. Elegant in Schwarz gekleidet. Hut, Handschuhe, Mantel, Schal, Stöckelschuhe. Handtasche. Knallrot geschminkte Lippen. Wenzel geht einen Schritt zurück hinter die Scheunenecke und beobachtet sie von da aus. Zierlich tappt sie die Stufen hinunter, geht oben herum ums Haus und verschwindet aus Wenzels Blickfeld. So hat er sie noch nie wahrgenommen. Er fängt sich wieder. Deckt den Scheitstock zu. Schlafwandlerisch geht er hinein. Soll er das Paket zurücklegen? Er würde die Truhe schon finden. Nein. Er muss sich etwas einfallen lassen. Wohin geht sie in dieser Aufmachung? Hat Oma Magda schon einmal so gesehen? Und ihm nichts gesagt? Sie hat ihm schon öfter nichts gesagt. Wenn er dann nachgefragt hat, hat sie ihm geantwortet: „Es ist zu deinem Besten, mein Guter, nur zu deinem Besten, wenn du nicht alles weißt." Er hat diesen Worten nie eine größere Bedeutung beigemessen. Aber jetzt? Ganz früher waren Oma und Magda, damals noch Adelheid, befreundet, fällt ihm ein. Sie gingen zusammen zum Frauenturnen. Plötzlich hat Oma damit aufgehört. Es zwicke immer so im Rücken, hat sie damals gesagt. Aber zu einem Doktor ging sie nie. Wenzel erschrickt. Kennt er vielleicht seine eigene Frau nicht? Sie sind schon über dreißig

Jahre verheiratet, bald vierzig. Andererseits: Hat er ihr immer alles gesagt? Würde er das von heute verraten? Als Kind liebte er Geheimnisse. Jetzt wirken sie bedrohlich. Und seine Enkelkinder? Welche Geheimnisse tragen sie schon mit sich herum? Und Peter? Armer Kerl. Ihm rumort der Magen. Er geht in die Küche. Ab jetzt darauf bedacht, keine verräterischen Spuren zu hinterlassen. So aufmerksam kennt er sich selbst nicht. Er macht sich eine Hühnerbouillon. Dann verquirlt er mit dem Schwingbesen ein rohes Ei hinein, bis kleine, hellgelbe Flocken in der Brühe schwimmen. Er nimmt die Pfanne vom Herd und gießt es in einen alten, tiefen Suppenteller. Zusammen mit einem Stück Brot schlürft er die Suppe. Gedankenversunken löffelt er den Teller aus. Als er auf dem letzten Rest Brotrinde herumkaut, fasst er einen Entschluss. Zuerst legt er sich auf die Ofenbank für ein Mittagsschläfchen. Sein Magen verträgt auch eine Ruhepause.

12. KAPITEL

Die Wanduhr in der Stube schlägt viermal. Opa Wenzel schreckt auf. Was? Er hat den Nachmittag verschlafen! Er räumt alles auf, geht ins Bad, macht sich etwas frisch, kontrolliert jeden Schritt, den er heute gegangen ist, ob ihn auch keine Spur verrät. Er holt das Zeitungspaket hinter dem Ofenrohr hervor und packt das blutige Geheimnis auf sein Fahrrad. Er radelt Richtung Bahnhof zur nahe gelegenen Schrebergartenanlage. Die Sonne verblasst. Es wird merklich kühler. Nebel schleicht vom angrenzenden Moor zu ihm herüber wie eine schauerliche Vorahnung. Opa begegnet keiner Menschenseele. Er lehnt das Fahrrad an einen Zaun, dessen Garten winterfertig abgeräumt ist. Von hier aus kann er den Bahnhof gut beobachten. Zwar verdecken die einfahrenden Züge den Bahnsteig, aber den Ausgang des Bahnhofes hat er wunderbar im Blick. Plötzlich sieht er, wie Oma mit den vier Schützlingen ankommt. Sie spaziert die Straße hoch ins

Oberdorf. Ihm wird flau im Magen. Es wird ihm schon etwas einfallen, um sein Wegbleiben plausibel zu erklären. Gespenstisch schlägt die Kirchturmuhr sechs Uhr. Wie ein schlechtes Omen hämmert die zweite Kirche ihren Klang dazu, da von diesem Standpunkt aus beide Kirchenglocken zu hören sind. Eintönig läuten die Glocken den Feierabend ein. Das eine Geläut verfolgt das andere. Nicht einmal treffen die beiden den Ton gleichzeitig. Viele Züge warte ich nicht mehr ab, denkt sich Opa. Er kommt bereits jetzt zu spät zum Abendbrot. Es muss ihm eine überzeugende Erklärung einfallen. Oma wird ihn kritisch mustern. So etwas ist sie von ihm nicht gewohnt. Nicht einmal einen Zettel hat er ihr auf dem Küchentisch hinterlassen. Wie konnte er nur so fahrlässig sein. Resignierend nimmt er sein Fahrrad. Er wirft einen verächtlichen Blick auf das Paket. Dass so ein Ding sein Leben dermaßen durcheinanderbringen kann. Er will es nicht wahrhaben. Noch ein Zug, dann ist Schluss. Volltreffer! Im Halbdunkel erkennt er Magda denselben Weg ins Oberdorf einschlagen. Er steigt auf sein Rad und fährt zum Bahnhof. Dort schaut er nach, aus welcher Richtung der Zug angekommen ist, aus dem Magda gestiegen ist. Zürich. Er weiß nicht, was er sich davon verspricht. Er ist dem Rätsel keinen Schritt näher gekommen. Langsam fährt er los. Nur nicht zu schnell, er will sie nicht überholen. Halt! Das Paket! Er wendet und fährt zur Polizeiwache. Vorsichtig geht er mit dem Fahrrad um die Wache herum, um zu prüfen, dass keiner im Büro Dienst schiebt. Er kann niemanden sehen. Er sucht den Briefkasten. Mist! Die Wache hat nur einen Briefeinwurf, keinen Milchkasten. Natürlich, denkt sich Opa Wenzel, es könnte ja einer eine Bombe hineinlegen. Nur wer das sein sollte, hier auf dem Land bei diesen uniformierten Dorfkomikern, das möchte er gern mal wissen. Er schnappt sich das zeitungsumwickelte Paket und legt es direkt vor die Tür der Polizeiwache. Mit seinem Taschentuch wischt er es ab, steigt auf sein Rad und verschwindet in Windeseile. In sicherer Entfernung steigt er vom Fahrrad und schiebt es die leichte Steigung hinauf. Nur die letzten paar Meter radelt er nach Hause.

„Wie siehst du denn aus?", entfährt es Oma. Sie schlägt beide Hände vor ihrem Gesicht zusammen.

Wie vom Blitz getroffen schaut Opa an sich herunter. Hat er etwas übersehen?

„Du bist ja kreidebleich!"

„Ach so, jaaa, ähm, ich habe wohl beim Rohrbruch einige Bakterien abbekommen. Auf jeden Fall musste ich mich übergeben. Nach einem Mittagsschläfchen dachte ich, würde mir etwas frische Luft guttun. Dann, ja dann habe ich die Zeit vergessen. Und nun ..."

„Oh, du Ärmster!" Oma plagen Schuldgefühle. Den Wasserschaden hat er für sie behoben, damit sie nicht auf den Klempner warten musste, und dann war er auch noch den ganzen Tag alleine, während sie mit den Kindern den Ausflug und den Zirkus genoss. „Willst du eine Hühnerbrühe?" Opa zögert. „Oder soll ich dir einen Haferbrei kochen?"

„Ja, lieber Haferbrei. Und ihr, Kinder, wie war es bei euch?", lenkt er schnell von sich ab.

Vier wasserfallartige Geschichten überschwemmen ihn. Sofort ist Opa in der Kinderwelt gefangen. Später sagt Oma: „Komm, Peter, ich bringe dich zu Hedna und Hans. Opa lassen wir für heute in Ruhe. Wenigstens hat er wieder Farbe im Gesicht." Peter verabschiedet sich. Oma geht mit Peter an der Hand über den Hausplatz hoch zum Bauernhof.

„Schau mal", Oma streicht mit dem Schuh über den Platz, „Hans hat alle ausgeschwemmten Rinnen vom gestrigen Sturm schon ausgebessert. Das ist schon ein fleißiger Mann."

„Mmh." Auf der Treppe neben Zita klopft Oma an die halb geöffnete Tür.

„Ich bin es. Ich bringe Peter zu... OOHH!", erschrickt sie. Wie aus dem Nichts steht Magda direkt vor ihr. Ganz in Schwarz mit dem rot geschminkten Mund. Den Mantel über den Arm gelegt, die Tasche in der einen Hand, in der anderen eine dicke Zeitung.

„Grüß dich, Adelheid. Wie ..., wie geht es dir?"

Bevor Peter Oma korrigieren kann, dass das Magda ist, antwortet Magda mit einer schauspielerischen Meisterleistung: „Vorzüglich. Und dir?" Oma verschlägt es die Sprache.

„Komm, Peter", zwinkert Magda Peter verführerisch zu, „ich bringe dich zu den Herrschaften. Auf Wiedersehen, Hermine."

Sie dreht sich um, den Arm liebevoll um Peter gelegt, sodass es ihn gleich mitdreht. Er wendet den Kopf kurz und ruft der Oma tschüss zu. Auf Oma wirkt das wie ein Weckruf. Sie fährt leicht zusammen.

„Auf Wiedersehen, mein Junge, schlaf gut", erwidert sie verdattert. Dann geht sie.

Magda bleibt in der Küchentür stehen, wirft den Kopf schräg in Pose und sagt gekünstelt: „Peter ist da." Dann lächelt sie Peter freundlich an und geht die Holztreppe in ihre Wohnung hoch. Peter geht in die Küche. Schuhe und Jacke hängen schnell an ihrem Platz. Hans ist bei seinem zweiten Abendessen.

„Ich habe bei Oma, äh …", Peter fällt ein, dass Hedna das nicht gerne hört, wenn er das sagt, aber er weiß nicht wieso und er weiß nicht, wie er es sonst sagen soll.

Hans lenkt ein: „Wie war es im Zirkus?"

„Toll."

„Was hast du denn da Schönes bekommen?" Hans deutet mit nickendem Kopf und vollem Mund zu Peter. Hedna sitzt schweigend auf ihrem Platz am Tisch und isst einen aufgewärmten Rest von Irgendetwas vom Mittag.

Stolz zeigt Peter eine Plüschgiraffe. „Die habe ich gewonnen mit einem Los. Die vom Zirkus brauchen das Geld für neue Käfige für den Winter. Und darum verkaufen sie Lose, hat uns der Mann vom Zirkus mit der schönen Uniform erzählt."

„Der Zirkusdirektor höchstpersönlich, nehme ich doch an."

„Ja, der!"

Hans lächelt und schiebt sich mit dem Suppenlöffel einen in Milchkaffee eingeweichten Brotbrocken in den Mund. Er schluckt ihn wie üblich ohne zu kauen hinunter. „Hoffentlich bekommt die Giraffe nie Halsweh", grinst er Peter an, „bei so einem langen Hals …"

„Äh, gib dem Kleinen nicht so einen Schmarren an", grinst Hedna. Peter ist das egal. Hauptsache beide haben einmal gute Laune.

„Und wir haben tolle Maschinen gesehen. Der Kreiselmäher gefiel mir besonders gut."

„Kommt nicht infrage."

„Weißt du, wie so einer funktioniert?"

Peter schüttelt verneinend den Kopf. Ihm fällt ein, dass er den Großonkel fragen wollte, was das für eine Maschine ist, hinten in der Scheune, wo alles so schmutzig ist. Aber erst will er ihm zuhören. Er setzt sich an den Küchentisch und stellt seine Giraffe neben sich. Hans erklärt ihm ausführlich die Maschine. Peter kann sich kaum etwas darunter vorstellen, genießt aber, dass ihm sein Großonkel so viel Aufmerksamkeit schenkt.

„Jetzt hast du die Tagesschau verpasst", unterbricht ihn Hedna auf einen Schlag.

„Na und, die Welt dreht sich auch ohne mein Dazutun, und das Wetter macht auch, was es will." Hans nimmt den letzten Schluck aus seiner großen Milchtasse. Der Milchkaffee muss sicher schon kalt sein, denkt sich Peter. Bäh. Innerlich schüttelt es ihn. Jetzt erst hört er die Musik von oben.

„Schon wieder dieses klassische Gedudel!", entsetzt sich Hedna im üblich giftigen Ton.

Peter geht heute freiwillig zu Bett. Die Maschine in der Scheune hat er schon wieder vergessen. Er ist sehr müde von den vielen Eindrücken. Seine Giraffe tauft er im Bett auf den Namen Gero. Jetzt fühlt er sich wenigstens nicht mehr so alleine. Innerlich noch aufgewühlt, liegt er wach im Bett und drückt beide Augen fest zu. Das macht er immer so, wenn er sich etwas Schönes vorstellen will. Aber stattdessen erscheint ihm Tante Magda. Wie sie so dastand. Wie Oma sie mit dem anderen Namen angesprochen hat. Er hört der Musik zu und schläft ein.

13. KAPITEL

Plötzlich erschrickt er. Die Musik. Sofort sitzt er kerzengerade im Bett. Gero fällt auf den Fußboden. Peter lehnt sich aus dem Bett. Es ist zu hoch, er erwischt ihn nicht. Vorsichtig lässt er sich auf dem Hintern über die Bettkante rutschen und landet mit einem Fuß auf dem Holzboden, mit dem anderen auf der

Giraffe. Er bückt sich, schnappt sich Gero und klettert zurück ins Bett. Jetzt hört er die Melkmaschine von Großonkel Hans. Im selben Moment geht die Tür auf. „Auch schon wach!" Jetzt schon. Hednas Stimme weckt jeden, denkt sich Peter. Es ist tatsächlich schon Morgen. Aber so früh hat er die Musik noch nie gehört. Hedna absolviert mit Peter wie üblich im Schnelldurchlauf Zähne putzen, waschen, anziehen und an den Küchentisch diktieren.

„Du kannst schon mal mit dem Frühstück beginnen. Ich muss noch die Milch in die Käserei bringen. Die Melkmaschine ist nicht in Ordnung und Hans ist erst jetzt fertig geworden."

Peter nickt. Hedna verschwindet. Er bemerkt, dass er Gero in der Schlafkammer gelassen hat. Wie ein Dieb huscht er zur Küchentür, schaut, ob die Luft rein ist, rennt zum Badezimmer, stolpert beinahe über die eine Stufe, die hinuntergeht, schleicht weiter in die Kammer und drückt Gero an sich. Entspannter geht er zurück. Als er vor der Stufe steht, weht ihm der intensive Geruch des Parfüms von Tante Magda in die Nase. Er muss beinahe niesen. Durch den Türspalt beobachtet er, wie sie ein Stück ausgeschnittene Zeitung auf die Schuhkommode unter der Holztreppe legt. Dann kramt sie in der obersten Schublade nach einem Buch. Mit einem Bleistift kritzelt sie etwas auf den Zeitungsschnipsel und packt das Buch zurück in die Schublade. Magda richtet sich auf und sieht sich um. Peter zieht blitzartig seinen Kopf zurück und versteckt sich hinter der Tür. Ihm stockt der Atem. Wieso, weiß er nicht. Vorsichtig geht er seitlich auf der Stufe bis zu den Scharnieren der Tür und will durch diesen Spalt sehen. In dem Moment geht die Tür ganz auf und verdeckt ihn vollkommen.

„Mmh, nichts", murmelt Magda vor sich ihn und zieht die Tür bis auf einen Spalt wieder zu. Starr vor Schreck lauscht Peter den Schritten. Sie geht den Flur entlang Richtung vordere Haustür. Er hört wieder eine Schublade. Das muss die von der Kommode an der Seitenwand sein. Kurz darauf kommen die Schritte wieder näher. Ein Rascheln und dann geht Magda die Holztreppe nach oben. Sicherheitshalber wartet Peter noch einen Moment, dann schleicht er aus diesem Raum, von dem er immer noch nicht sicher ist, ob es mehr Badezimmer oder Waschküche ist. Bei der Kommode hält er inne. Gero legt er obendrauf. Dann zieht er die eine Schublade heraus. Eine Wolke aus Parfüm und Mottenkugeln schlägt ihm entgegen. Handschuhe, Halstücher, ... Peter rümpft die Nase, schiebt die Schublade zu und öffnet die andere. Ein Buch mit einer Eisenbahn darauf. Die Musik hat aufgehört. Sofort schließt er die Schublade, packt Gero unter den Arm und rennt in die Küche. Er hört, wie Hans die Stiefel an der Geländerkante draußen abstreift und mit Zita spricht. In Socken kommt er in die Küche.

„Guten Morgen. Gut geschlafen nach all dem Zirkus?"

„Mmhm."

„Mal sehen, ob wir Männer die Milch zum Kochen bringen, wenn die Meisterin nicht da ist", schmunzelt Hans. Mit einem großen Stück weißer Seife wäscht er sich die Hände und Arme bis zu den Ellbogen. Dann holt er eine der großen Pfannen herunter, die auf dem Brett über dem Herd stehen, schön aufgereiht nach Größe. Aus dem Kühlschrank nimmt er ein Gefäß und gießt die Milch langsam in die Pfanne. „Ja vorsichtig sein, damit wir den Rahm nicht kaputt machen, sonst gibt es ein Donnerwetter."

Peter weiß, dass Hedna die rohe Milch stehen lässt, damit der Rahm aufsteigt. Damit hat sie für ihn einmal, als er noch klein war, Rahmtäfeli gemacht. Das fand er großartig. Soll er fragen? „Macht sie damit Rahmtäfeli für mich?"

„Gute Idee! Du kannst sie mal fragen." Ein schelmischer Blick von Hans zu Peter, denn er weiß genau, das sich Peter das nicht traut zu fragen. „Oder soll ich das übernehmen?"

„Ja!"

„Gut."

Hans setzt eine zweite Pfanne mit Wasser auf für den Kaffee. Zuerst muss er die Bohnen mahlen. Das macht einen furchtbaren Krach, findet Peter. Dafür schöpft ihm Hans mit dem Suppenlöffel Schokoladepulver in die Tasse. So wird es besonders süß. Peter mag das und findet es besser, als der fertige Kakao, den Hedna kocht. Als die Milch hochkommt, kippt sie Hans in den Milchkrug. Es hat nicht alles Platz. Er hat kein

Augenmaß für Küchenangelegenheiten. Er stellt den Rest mit der Pfanne auf die Seite. Männerfrühstück, fast wie mit Papi, denkt Peter. Wo ist Papi eigentlich? Was macht er gerade? Und wie geht … Das Geräusch von Stöckelschuhen reißt Peter aus seinen Gedanken. Hans dreht sich um und stellt das Transistorradio an. Beide essen weiter. Es dauert nicht lange, und Hedna kommt zurück.

„Schon wieder dieser feuchte Nebel", brummt sie, „hoffentlich kann sich die Sonne heute durchsetzen, damit wir auf dem Feld vorwärtskommen." Peter wirft Hans einen Blick zu. Der tunkt seine Konfitürenbrotbrocken mit dem Suppenlöffel in den Milchkaffee und verschlingt sie wie üblich in einem Stück. Peter denkt sich, wenn ich groß bin, probiere ich das auch einmal aus. Aber jetzt traut er sich nicht.

Als Hedna die Pfanne mit der Milch sieht, schüttelt sie den Kopf: „Wie oft habe ich dir gesagt, du sollst die Milch mit dem Krug abmessen, bevor du sie in die Pfanne gibst?" Hans schaut zu Peter hinüber, schneidet eine Grimasse und zieht die Augenbrauen hoch. Hedna reißt die Kühlschranktür auf. „Na, wenigstens ist der Rahm noch da."

„Ja. Und von dem hätten wir Männer gerne Rahmtäfeli. Gell, Peter?"

„Ja, das wäre fein."

Hedna seufzt. Reine Verschwendung. Damit hatte sie andere Kochpläne. Aber gut. Es kann ja nicht mehr lange dauern, bis Rosa das Kind bekommt. Nach den zwei Fehlgeburten mag Hedna ihr ein gesundes zweites Kind gönnen. Sie weiß ja selber, wie schwierig es sein kann. Nur findet sie den Altersunterschied zu Peter etwas groß. „Was soll's", grummelt sie und fügt hinzu: „aber erst am Abend, jetzt gibt es Wichtigeres zu tun."

Hans zwinkert Peter siegessicher zu. Heute ist Peter vor Hedna fertig am Frühstückstisch.

„Ich geh dann mal wieder zu Junkers", meint er altklug und zieht sich an. Mit Gero unter dem Arm verlässt er das Haus, an Zita vorbei. Er erschrickt, als er Zita in die Augen schaut. Die sind ganz rot und Wasser läuft ihr aus den Augenwinkeln. Peter schaudert es. Schnell geht er an ihr vorbei die

Treppe hinunter. Bei Junkers angekommen geht er einfach in die Scheune hinein durch die Werkstatt. Als er gerade guten Morgen rufen möchte, hört er, wie Oma und Opa miteinander sprechen. „Nicht so laut", sagt Oma, „die Kinder können jeden Moment herunterkommen." Peter hält inne. Er hätte draußen anklopfen sollen. Leise schleicht er zurück, bleibt aber plötzlich stehen, als er hört, wie Oma von Adelheid erzählt, wie diese gestern so aufgetakelt vor ihr stand, als sie Peter nach Hause brachte. „Hoffentlich hat der Junge nicht gemerkt, wie verdattert ich gewesen bin."

„Nein, nein", beruhigt Opa sie, „Kinder bemerken das nicht."

„Gestern waren unsere aber auch aufgedreht. Ich konnte ja mit dir gar nicht darüber reden."

„Schon in Ordnung", meint Opa, ohne zuzugeben, dass ihm das mehr als recht war, dass die Kinder so aufgedreht waren. Ob die Polizei das Paket schon entdeckt hat? Was die damit wohl machen werden? Die müssen die Kriminalpolizei einschalten. Er hält nicht viel von den Uniformierten.

„Hörst du mir überhaupt zu?", fragt ihn Oma.

„Wie? Was?"

„Wo bist du denn mit deinen Gedanken? Die Bakterien haben dir wohl mehr zugesetzt, als du wahrhaben willst. Wenn die Kinder wieder zu Hause sind, sollten wir beide einmal wegfahren. Nur ein wenig."

„Ja, vielleicht sollten wir das wirklich tun. Du bist die Beste."
Peter findet, dass er jetzt nach draußen schleichen sollte, ordentlich anklopfen und dann so tun, als wäre er gerade erst gekommen. Doch da hört er Opa und stoppt.

„Seit wann ist Magda, äh Adelheid, so? Hast du eine Ahnung?"

Oma: „Ich habe sie so noch nie gesehen. Von Weitem schien sie mir schon etwas aufgetakelter als früher. Aber so? Was die wohl plagen mag?"

Opa: „Zum Glück wissen wir nicht alles. Sagst du doch immer."

Oma: „Die Kinder kommen."

Jetzt saust Peter wie der Wind hinaus. Er poltert geradezu an das Scheunentor, damit man ihn auch wirklich hört. Opa öffnet ihm und begrüßt ihn freundlich. Dann winkt er Hans zu. Peter hat gar nicht bemerkt, dass Hans den Wagen an den Traktor hängt. Auweia!, schießt es ihm durch den Kopf. Hat ihn der Großonkel Hans beobachtet? Er drängt sich an Opa vorbei und läuft direkt in die Küche.

„Ich habe schon gefrühstückt", teilt er sich übermütig mit.

„Du bist aber früh dran", kommentiert die Oma. Sie überlegt kurz, was gestern Abend bei dem Auftritt seiner Tante wohl in Peter vorging. Lange hat sie nicht Zeit zum Nachdenken. Die Kinder fordern ihre Aufmerksamkeit.

Opa sitzt schweigend am Frühstückstisch und genießt die Unbeschwertheit seiner Enkelkinder. Was soll er heute mit ihnen unternehmen? Solche Gedanken sind ihm neu. Bis jetzt sprudelte er immer vor Ideen. Jetzt scheint ihm etwas den Ideenhahn abzudrehen.

„Opa?"

„Wie?"

„Träumst du noch? Ich möchte gerne in den Wald gehen, der mit dem großen Fluss", wiederholt Quirin.

„Mit dem großen Fluss?"

„Ja!"

„Er meint wohl den Kanal", hilft ihm Oma auf die Sprünge.

„Ach so. Weißt du, Quirin, der Fluss heißt *Thur* und von dem Wasser wird ein Kanal abgeleitet. Damit erzeugen sie Strom."

„Zeig ihnen doch die Stelle", bestärkt ihn Oma. „Ich richte euch etwas zum Essen, das ihr mitnehmen könnt. Wenn der Nebel sich hebt, könnte es noch mal schön warm werden."

„Ja, gut", willigt Opa ein. Seine Begeisterung hält sich in Grenzen. Er denkt sich sofort einen Weg aus, bei dem er nicht an der Polizeiwache vorbeigehen muss.

Nach dem Morgenessen streicht Oma Butterbrote und belegt die einen mit Käse, die anderen mit Aufschnitt. Opa rüstet die Kinder in der Werkstatt mit Taschenmesser und Seilen aus. Für sich packt er ein Fernglas ein. Damit erhöht er die Spannung für die Abenteurer, dass sie etwas Tolles erleben werden. Oma drückt Opa den Rucksack in die Hand und meint: „Ist dein Magen schon robust genug?"

„Ja, ja, wird schon gut gehen", schluckt Opa, obwohl er gleich wieder das Bild von gestern klar vor Augen hat: ein Stück eines Untera... Er schüttelt sich kurz und ruft: „Also, los geht's, ihr Rabauken!" Oma winkt ihnen nach, bis sie aus ihrem Blickfeld verschwinden. Sie atmet auf. Ihr Eindruck von Adelheid gestern Abend beschäftigt sie immer noch. Ich gehe einfach zu ihr und rede mit ihr, denkt sie. Für eine Frau über sechzig und so aufgetakelt herumzulaufen, das ziemt sich nicht. Und dann dieses penetrante Parfüm. Sie hat zwar schon öfter Hednas grelle Stimme gehört, wenn sie bei Hans über „die da" geschimpft hat, dass es im ganzen Haus wieder rieche wie in einem Bordell, aber dass es wirklich so ist, das hielt sie einfach nicht für möglich. Früher war Adelheid ... Krriinnngg! Das Telefon klingelt. Oma sackt in die Knie, kann sich aber gerade noch abfangen. Krriinnngg! Sie steht direkt unter der Glocke. Krriinnngg! Opa hat die Glocke zwischen der Werkstatt und dem kleinen Durchgang zur Küche anbringen lassen, weil er der Ansicht ist, dass man dann das Telefon am weitesten hört. Krri..., Oma hebt den Hörer ab. Tüt-tüt-tüt. Aufgelegt. Keine Geduld gehabt, denkt sie. Sie mag den schwarzen Kasten an der Wand sowieso nicht, rechtfertigt sie ihre Trödelei, sie möchte schon lange ein moderneres Telefon auf dem Schuhkästchen. Sie gibt sich einen Ruck. „Küche aufräumen, Betten machen, Einkaufen und dann zu Adelheid gehen", plant sie vor sich hin.

Bei ihrem Einkaufsrundgang ist die Bäckerei stets am Schluss dran. Sie begrüßt alle. Hier kennt sich sowieso jeder und schnell ist Oma mit einer Nachbarin im Gespräch. Belangloses Zeug. Das Wetter. Die Wehwehchen. Oma bemerkt, dass Ruth, die Frau vom Schreiner oberhalb der Bäckerei, und Alice, die Bäuerin von vis-à-vis der Schreinerei, tuscheln. In dem Moment, als Ruth Oma Junker aus dem Augenwinkel heraus erspäht, fordert sie mit hastigen Gesten Alice zum Schweigen auf. Mit auffallend lauter Stimme lenkt sie das Gespräch auf die Ernte: „Und? Habt ihr schon alles Obst unter Dach und Fach?" Alice ist nicht ganz so schnell im Denken und kommt dem wilden Gedankensprung nur stotternd nach. Julia, die Bäckersfrau und Diplomatie in Person, rettet die Situation gekonnt. Sie spricht Ruth direkt auf ihren

Wunsch ‚Brot zu kaufen' an. Bis Oma dran ist, geht es noch einen Augenblick. Durch das Schaufenster sieht sie, wie Ruth und Alice wieder die Köpfe zusammenstecken. Oma und Julia wechseln heute nur geschäftliche Worte. Das halbe Oberdorf scheint unter Brotmangel zu leiden. Es herrscht ein Kommen und Gehen. Als Oma die Bäckerei verlässt, stieben Ruth und Alice auseinander und verabschieden sich. Oma geht das Stück gemeinsamen Heimweges mit ihrer Nachbarin. Emma ist eine Frau Mitte siebzig. Rüstig und aufgeweckt. Sie unterhalten sich über den Sturm von vorgestern. Emma und Oma verbindet etwas: Sie haben beide undichte Fenster. Von Emmas Haus an geht Oma über den schmalen Naturweg nach Hause. Was Ruth und Alice bloß vor ihr verheimlichen wollten? Die schließen sie doch sonst auch nicht aus? Haben die etwa Adelheid beobachtet und von ihr erwartet, dass sie als Nachbarin und, na ja, mal Freundin, etwas wissen sollte, was sie ihnen verheimlicht? Oma verstaut gedankenversunken ihre Einkäufe. Sie atmet tief durch, streicht sich ihren Rock glatt, zupft die Haare zurecht und macht sich auf, den nächsten Punkt auf ihrer geistigen Liste zu erledigen. Die Sonne hat in der Zwischenzeit den Nebel aufgelöst und ein herrlicher Herbsttag ist angebrochen. Oma verlässt das Haus. Automatisch sieht sie zum Hof hinauf. „Nein!", entweicht es ihr. Sie sieht Adelheid nur noch von hinten. Ganz in Schwarz, mit Hut, großer Handtasche und Stöckelschuhen entschwindet sie um die Hausecke. Oma will noch winken oder rufen, aber ihre Glieder bleiben wie gelähmt und ihre Stimme versagt. Oma geht zurück in die Küche. Schlafwandlerisch gießt sie sich einen Eierlikör ein. Das macht sie sonst nie. Ein Likörchen gönnt sie sich höchstens am Abend mit Wenzel. Gemütlich sitzen sie dann auf der Couch, sie nippt am Eierlikör und er trinkt einen Slibowitz oder einen „Fritzi". Dann hören sie sich eine Direktübertragung eines klassischen Konzertes im Radio an. Aus allen berühmten Häusern der Welt wird einmal pro Monat an einem Samstagabend eine Aufführung ausgestrahlt. Für Oma und Opa Junker ein unumstößliches Muss! Ihr Abend. Sie gießt sich noch einen ein. Jetzt steigt ihr der Alkohol schon leicht zu Kopf. Sie hat ihn wohl zu hastig getrunken und tadelt sich selbst: „Oma, mach keine Dummheiten auf deine alten Tage." Jetzt fällt ihr ein, dass sie mit Wenzel gar nicht abgesprochen hat, was sie am Abend kochen soll. Für gewöhnlich besprechen sie es nach dem Frühstück. Heute hat er auch keine Anstalten gemacht, darüber zu reden. Vielleicht plagen ihn noch diese Bakterien und er will sie nicht beunruhigen.

„Na, dann zaubere ich der Mannschaft einfach eine Überraschung auf die Teller", ermuntert sie sich selbst.

Schon am frühen Nachmittag stampft die Bande den schmalen Weg zurück nach Hause. Oma hat noch gar nichts vorbereitet. Wie nach einem Raubzug tragen die Kinder ihre Beute stolz auf den Hausplatz: Stecken, Schwemmholz und Steine. Der Rucksack von Opa sieht schwerer aus als am Morgen. Mit einem Stecken so lang wie ein Hirtenstab bildet er das Schlusslicht der Kolonne. Was der Ärmste wohl alles schleppen muss?, fragt sich Oma.

„Ihr habt bestimmt Hunger", begrüßt sie die Ankommenden, „und ich habe noch nichts auf dem Herd."

„Macht nichts", keucht Opa und windet sich den schweren Rucksack von den Schultern. „Bis wir unsere Schätze verstaut haben, kannst du locker einen Siebengänger kochen."

„Du meine Güte!" Oma sieht gleich, dass der Rucksack voller Steine ist. „Habt ihr die *Thur* leer geräumt?"

„Nein, nein, Oma", sprudelt Quirin, „wir können noch viele holen!" Stefan und Peter fuchteln mit den Stecken und spielen kämpfende Ritter mit Schwertern. Miriam breitet die Steine vor der Scheunenwand aus.

„Oma, schau, wie das Wasser diese Form ausgespült hat. Das sind meine Kunstwerke!"

„Opa, gib mir meine! Oma, guck meine an!", wetteifert Quirin.

Oma lacht: „Ich gehe dann mal in die Küche."

Opa befreit seinen Scheitstock von der Regenplane, dreht ihn auf die Sonnenseite der Scheune und stopft sich eine Pfeife. Belustigt und zufrieden schaut er den Kindern zu.

Nach einer Weile ruft Oma: „Zvieri ist fertig!"

Das lässt sich niemand zweimal sagen. Schon in der Werkstatt riecht es süß. Oma tischt eine große Schüssel Schokoladencrème auf. In die Glasschalen legt sie eine halbe, weich gekochte Birne, die sie dann mit viel Crème zudeckt. Die ausgehungerten Räuber fallen über das noch warme Dessert her.

„Nobler Zvieri", schmunzelt Opa.

Plötzlich schreckt Oma auf und starrt auf die Küchenuhr.

„Noch nicht mal halb fünf", murmelt sie.

„Wieso?" Opa schaut sie fragend an.

Oma denkt zuerst an Adelheid, die sie heute Morgen verpasst hat, lenkt aber sofort ab: „Ich höre den Traktor von Hans." Alle verstummen und spitzen die Ohren.

Zögerlich meint Opa: „Etwas früh, was?"

Die Kinder veranstalten sofort einen Wettbewerb: Wer kann seine Glasschale am saubersten auslecken? Quirin hat schon beim ersten Durchgang die Nasenspitze voll Schokoladencrème.

„Ich schau mal nach", meint Opa. Er hat das Gefühl, dass es Oma nicht behagt, dass Hedna und Hans so früh zurück sind. „Wahrscheinlich sind sie mit den Räben fertig geworden. Hans hat den Wagen seitlich zum Abladen hingestellt", beruhigt er Oma, als er wieder hereinkommt.

Kaum hat sich Opa wieder hingesetzt, klingelt das Telefon. Oma zuckt zusammen. Ist es derselbe Anrufer von heute Morgen?

Opa geht zum schwarzen Apparat an der Wand: „Junker?" Stille. „Gut, bis gleich."

Oma schaut ihn fragend an.

„Das war Hedna. Hör zu, Peter, dein Vater hat am Mittag bei Hedna und Hans angerufen. Du hast ein Schwesterchen bekommen. Er holt dich gleich ab. Hedna packt schon deine Sachen zusammen. Deshalb haben sie heute früher auf dem Feld aufgehört."

„Das wird ihr sicher nicht in den Kram passen", murmelt Oma und räumt den Tisch ab. „Aber für den Jungen ist es sicher besser."

Opa: „Was sagst du?"

„Nichts, nichts. Hilf du Peter, dass er nichts liegen lässt."

14. KAPITEL

Die Kinder sind schon draußen und teilen ihre Beute auf. Peter schnappt sich seinen Stecken, stopft die Steine in die Hosentaschen und will sich verabschieden.

„Halt, halt! Das Wichtigste hast du noch vergessen", sagt Opa. In dem Moment fährt ein Auto von der Stallseite um den Hof herum. Oben ist der Weg mit dem Traktor und dem Wagen versperrt.

„Papa! Papa!", schreit Peter.

Oma hält Peter kurz zurück und wischt ihm mit den Händen die Hosen und die Jacke sauber. „Dass du mir vor deiner Schwester einen ordentlichen Eindruck machst, hörst du?" Opa kommt nun mit dem Räbenlicht von Peter und trägt es ihm hinterher. Jetzt geht alles so schnell, als hätten alle nur auf das Fluchtauto gewartet. Peter bestürmt seinen Vater, Hedna schleppt die gepackte Badetasche die Treppe hinunter, Opa ist auch im Anmarsch und Miriam hetzt mit der Plüschgiraffe den Hinterhof hinauf zum Auto.

„Gero nicht vergessen!", prustet sie. Ein wildes Durcheinander folgt. Hedna nickt mit einer Willkommensgeste zu Peter und sagt mit freundlicher Stimme: „Komm, Peter, wir putzen deine Schuhe noch ab." Sie nimmt eine zusammengerollte Zeitung aus ihrer Manteltasche und schüttelt sie auf. Es ist eine dicke, überregionale Zeitung. Opa fällt das sofort auf. Für so gebildet hielt er dieses Haus gar nicht. Ein Teil rutscht Hedna aus der Hand und fällt auf den Hofplatz. Deutlich sieht er, dass etwas ausgeschnitten ist. Peter durchzuckt ein Blitz. Heute Morgen hatte Magda einen Zeitungsausschnitt dabei, als er sich hinter der Tür versteckt hatte. Er weiß selber nicht, wieso ihm die Tante immer ein gewisses Unbehagen einflößt. Sie ist doch nett zu ihm, und Schoggistengeli hat er auch bekommen. Sogar für alle seine neuen Freunde. Opas Blick geht vom ausgeschnittenen Zeitungsbogen zu Peter. Er spürt, dass da etwas nicht stimmt. Sofort bückt er sich und hebt die Zeitungen auf.

„Lass nur liegen, ich stopfe den Rest in den Ofen", unterbindet Hedna unbewusst das Unterfangen von Opa. Sie wischt Peter beide Schuhe ab. Peter hat es gar nicht mitbekommen. Opa will kein Aufhebens machen: „Gut, wenn du meinst." Er prägt sich sofort das Datum und die Seitenzahl der Zeitung ein. Unauffällig zwinkert er Peter zu. Dieser ist erleichtert, aber wieder weiß er nicht, weshalb. Es scheint einfach so zu sein. Dann beginnt das große Abschiednehmen und im nächsten Moment lenkt Peters Vater das Auto schon rückwärts auf Junkers Hausplatz zum Wenden. Mit heruntergelassenen Scheiben winken sie und verschwinden durch den schmalen Durchgang beim Stall vorbei. Peter redet auf seinen Papa ein. Er möchte alles auf einmal erzählen und sich gleichzeitig ablenken von dem Unbehagen, das er in den letzten Tagen hier oft erlebt hatte.

„Langsam, langsam, du Held", versucht ihn sein Vater zu bremsen. „Willst du nicht einmal wissen, wie dein Schwesterchen heißt?"

Peter seufzt beleidigt.

„Ursina. Das ist ein schöner Name, findest du nicht auch?"

„Mh."

„Und jetzt kaufen wir ein Geschenk für Mami. Sie hat eine schwere Zeit hinter sich." Peter ist immer noch beleidigt. Vor einem Blumengeschäft hält Peters Vater das Auto an. Peter ist noch beleidigter. Da drin gibt es bestimmt nichts für ihn. Im Geschäft schaut er sich die vielen Blumen an. Komisch, wie die schön blühen, wenn draußen kaum blühende Blumen mehr zu sehen sind, wundert er sich.

„Ja bitte, hübsch einpacken", sagt der Vater zur Floristin. „Wir schreiben noch eine Karte. Komm, Peter." Gelangweilt trottet er zu ihm hinüber. „Und nicht vergessen", sagt Peters Vater noch zur Floristin, „eine große, rote Schleife darum binden!"

Peter schaut entsetzt auf die Floristin. Er sieht, wie sie von einer Rolle an der Wand ein knallrotes Band abspult. Das Paket! Tante Magda! Die Tiefkühltruhe! Was hat Opa mit dem Paket gemacht? Peter stockt der Atem. Augenblicklich beschleicht ihn das gleiche Gefühl wie vorhin auf dem Platz mit dem Loch in der Zeitung.

„He! Träumst du?"

Peter zuckt vor Schreck zusammen. „Komm, schreib deinen Namen auf die Karte. Dann stecken wir sie unter das rote Band."

Peter kann den Gedanken seines Vaters nicht folgen. Er ist verwirrt. Hat vielleicht Magda die vielen Pakete geschenkt bekommen? Wieso bekommt sie so viele Geschenke und er nicht? Peters Gedanken kreisen.

„Stell dich nicht so an", wird es Peters Vater schon beinahe peinlich. Peter ist ganz konfus.

„Es ging alles sehr schnell", rechtfertig der Vater das Verhalten seines Sohnes vor der Floristin.

„Kein Problem", lächelt sie Peter an.

„Aber schön schreiben, gell", mahnt ihn sein Vater. Peter schaut kurz auf diese nette Frau. Sie hebt kurz die Augenbrauen, wie Großonkel Hans das auch macht. Sofort hat Peter das Gefühl, eine Verbündete gefunden zu haben. Er fühlt sich erleichtert. Opa wird das schon machen, denkt er, und kritzelt seinen Namen auf die Karte. Um ins Spital zu gelangen, müssen sie wieder ein Stück zurückfahren und kommen nochmals durch das ganze Dorf und am Bahnhof vorbei. Peter sitzt müde auf dem Rücksitz und sein Blick schweift aus dem Seitenfenster. Plötzlich sieht er, wie ein Radfahrer den Hügel vom Oberdorf hinuntersaust.

„Opa!", entfährt es ihm.

„Was? Peter, dein Opa ist meilenweit entfernt!", korrigiert ihn sein Vater. Peter findet, dass er das seinem Vater jetzt nicht erklären will, der hört ihm ja doch nicht zu. Er hat es vorhin auch nicht gemacht und verstehen würde er ihn sowieso nicht. Peters Gefühlsmix geht von beleidigt und unverstanden zu stolz, weil er ein Geheimnis hat.

15. KAPITEL

Opa ist am Bahnhof angekommen. Er hat die anderen angeflunkert und vorgegeben, er habe den Pfeifenstopfer verloren. Der liege sicher in der Bahnhofsunterführung. Da habe er sich die Nase geputzt und wahrscheinlich sei er ihm da aus der Hosentasche gefallen. Nun, es wäre zumindest denkbar, rechtfertigt er die Notlüge vor sich selber.

Schnurstracks geht er zum Bahnhofkiosk. „Sagen Sie", überfällt er die Verkäuferin, „haben Sie die gestrige Ausgabe der *St. Galler-Zeitung* noch?"

„Keine Ahnung", antwortet die Frau und verdreht die Augen, „und wenn, dann ist sie bereits zusammengebunden worden von meiner Kollegin für die Retouren."

„Darf ich nachsehen? Ich binde sie auch wieder genauso zusammen! Ich schwöre." Opa hebt die linke Hand mit drei Fingern hoch, die Rechte legt er sich flach auf sein Herz.

„Männer und Schwüre", spottet die Verkäuferin, „na gut." Sie duckt sich und kramt zwischen den Schachteln. Dann hebt sie ein Bündel Zeitungen mit Datum von gestern und vorgestern hoch.

„Danke!", verneigt sich Opa. Er stellt den Stapel auf eine Sitzbank in der Nähe und knüpft die Schnur auf. Er durchpflügt die Titelseiten. Da! Bei der zweituntersten Zeitung wird er fündig. Man sollte eben immer unten anfangen, wenn man etwas sucht, denkt Opa Wenzel. Hastig blättert er die Zeitung durch. Seine Begeisterung legt sich blitzartig, als er sieht, dass auf der gesuchten Seite nur Todesanzeigen und Inserate sind. Er weiß nicht, was er erwartet hat. Etwas Auffallendes. Etwas, das sofort ein AHA bei ihm ausgelöst hätte. Etwas Klares. Etwas Eindeutiges. Jetzt ist er sich nicht mehr sicher, wo genau der Ausschnitt auf der Seite gefehlt hat. Da, wo er es vermutet, steht eine Todesanzeige einer Frau. Neunundsiebzig Jahre alt, geboren im Bernbiet, gestorben in einem Altersheim in Romanshorn, Bestattung wäre heute gewesen. Ob Magda diese Frau gekannt hat? Möglich. Ob sie zu dieser Beerdigung gegangen ist? Ob sie heute das Haus verlassen hat, weiß er nicht. Ganz in Schwarz, das kommt hin. Aber die knallrot geschminkten Lippen? Opa schüttelt den Kopf. An einer anderen möglichen Stelle noch eine Todesanzeige. Ein Mann, Mitte zwanzig, tödlich verunfallt, wohnte in der Gegend, aber die Bestattung findet in seinem Heimatort statt, im Zürcher Unterland. Ebenfalls heute. Das kann nicht sein. Wie soll Magda einen so jungen und fremden Mann kennen? Ins Zürcher Unterland zu einer Beerdigung? Opa kann sich das nicht vorstellen. Trotzdem bleibt sein Blick darauf haften. „Und?" Opa erschrickt.

Als die Verkäuferin sieht, dass er in die Seiten mit den Todesanzeigen vertieft ist, scherzt sie: „Die beißen nicht mehr. Kein Grund zum Erschrecken. Ich habe heute früher Feierabend. Geben Sie meiner Kollegin die Zeitungen zurück. Sie weiß Bescheid. Auf Wiedersehen. Und zusammenbinden, verstanden!", ruft sie noch beim Weggehen.

Opa quittiert: „Ja, zu Befehl, gnädige Frau. Nochmals danke."

Er sieht zum Kiosk hinüber und begutachtet die Stellvertretung. Sie sieht sehr adrett aus, soweit er es auf diese Distanz erkennen kann. Er nimmt den offenen Zeitungsstapel und geht zu ihr hinüber. „Darf ich diese Seite herausnehmen?"

„Nein! Wenn die Zeitungen nicht unversehrt und vollständig zurückgehen, werden sie uns nicht vergütet."

Opa seufzt.

„Aber ich kann Ihnen ein Stück Papier und einen Kugelschreiber geben, wenn Sie sich etwas notieren wollen."

„Ja, das ist sehr nett von Ihnen. Dann mache ich das so." Opa geht zurück zur Bank und zeichnet sich die Zeitungsseite auf. In die eingezeichneten Felder schreibt er den Namen und den Bestattungsort. Er faltet das Blatt fein säuberlich zusammen und steckt es in seine Hemdbrusttasche. Dann schnürt er die Zeitungen wieder zusammen. Es wird kühler. Opas Blick geht zur Bahnhofsuhr. Bald sechs Uhr. Er muss nach Hause. Oma schätzt Pünktlichkeit vor allem beim Essen. Obwohl, nach diesem feinen Zvieri hat zumindest er keinen großen Hunger mehr.

Aus den Lautsprechern ertönt durch eine verzerrte Männerstimme die Ansage: „Achtung auf Gleis eins, Einfahrt des Schnellzuges aus Zürich Richtung Romanshorn." Opa hört nur mit halbem Ohr hin. Er bringt die Zeitungen zurück. Ausgerechnet jetzt belagern einige Kunden den Kiosk. Opa hält das Bündel über die Köpfe hoch und bedeutet der Verkäuferin, dass er es ihr in ihr Kioskhäuschen bringt. Ohne ein Gegenzeichen von der Frau geht er zur Seitentür hinein. „Keine Panik. Ich stelle Ihnen die alten Zeitungen hier hinten auf den Boden." Zwischen Geldkassieren und beobachten, dass keiner etwas klaut, wirft sie ihm nur einen flüchtigen Blick zu. „Auf Wiedersehen." Opa

Wenzel dreht sich um und will gehen, als er wie vom Blitz getroffen die Tür zuknallt.

„He! Sind Sie verrückt geworden!", faucht ihn die Kioskverkäuferin an.

„Entschuldigung. Ich ... äh, mir ist die Tür aus der Hand gefallen." Glaubwürdig klang das nicht.

„Jetzt aber raus hier!", faucht die Verkäuferin ihn an.

„Ja sicher, nichts für ungut! Schönen Abend."

Vorsichtig öffnet er die Tür und späht hinaus. Da geht sie. Magda in Schwarz. Stöckelschuhe. Zu große Handtasche. Das ist alles, was er von hinten sieht. Opa drückt sich um die Kioskecke und schnappt sich sein Fahrrad. Wo soll er jetzt entlangfahren, damit er Magda nicht begegnet und trotzdem nicht mehr viel Zeit verliert, um nach Hause zu kommen?, grübelt Opa. Oder soll er sie bewusst überholen und dann gemeinsam mit ihr nach Hause laufen? Soll er irgendetwas Belangloses plaudern oder soll er sie geschickt ausfragen? Wie soll er das aber anstellen? Mittlerweile ist er bei der Kreuzung und muss sich entscheiden. Er ist noch nicht so weit. Er dreht ab und nimmt die untere Straße. Er fährt sie bis ganz zu Ende und biegt dann von der anderen Dorfseite auf die Straße nach Hause ein. Den letzten Stich schiebt er das Rad an der Kirchenmauer entlang. Fast oben angelangt, sieht er Magda wieder von hinten. Das hätte er sich denken können, dass er mit dem Rad für die weitere Strecke rundherum gleich viel Zeit benötigt wie sie zu Fuß auf dem direkten Weg. Er hält inne. Das Fahrrad leicht schräg gestellt, lehnt er sich mit seinem Hintern an die Querstange, drückt mit der rechten Hand die Bremse, wendet seinen Blick die Straße hinunter, als würde jemand mit ihm reden. Er führt ein Selbstgespräch. „Wenzel Junker, wie alt bist du, dass du solche Albernheiten machst. Kannst du dich nicht ganz normal mit deiner Nachbarin unterhalten? Früher seid ihr doch gut ausgekommen? Was hat eigentlich zum Bruch und zu dieser Distanz geführt? Das ist alles schon passiert, bevor du dieses ominöse Paket in die Finger bekommen hast. Was hast du verbrochen? Was hat sie verbrochen? Weißt du es? Kannst du irgendetwas beweisen? Geht es dich überhaupt etwas an? Kannst du jemandem einen

Vorwurf machen?" Er senkt seinen Blick auf seine Füße. Da klebt noch Lehm und Sand von der *Thur* an seinen Schuhen. Die Kinder! Oma wartet mit dem Nachtessen, schießt es ihm jetzt durch den Kopf. „Selbstgespräche! So fängt es an!", tadelt er sich. Sofort rafft er sich auf, geht noch ein paar Schritte bis ganz auf die Anhöhe und schwingt sich dann auf sein Rad. Zu Hause angekommen, stellt er das Fahrrad in der Scheune ab, streift sich die schmutzigen Schuhe im kleinen Flur von den Füßen und geht in die Küche. Die ganze Mannschaft wartet schon auf ihn.

„Na, das sieht ja aus, als wären alle bereit für ein Verhör."

„Hast du den Pfeifenstopfer gefunden, Opa?", fragt Quirin neugierig. Opa kramt in seiner Hosentasche herum, als müsste er zuerst alle Untiefen auskundschaften. Wie einen zu klein geratenen Zauberstab zückt er das silberne Ding und hält es Quirin vor die Nase. Der lacht aus vollem Bauch heraus. So richtig Hunger hat noch keiner. Oma tischt ein paar Leckereien auf. Es wird genascht, erzählt, getrunken, gelacht. Krriinngg! durchtrennt das Telefon die Gemütlichkeit.

Oma zuckt zusammen: „Dieser alte Kasten erschrickt einen ja zu Tode! Können wir uns nicht einmal ein neues, leiseres Telefon anschaffen?"

Krriinngg!

„Das hört man wenigstens. Außerdem ist der Apparat in ein paar Jahren Kult. Mir gefällt er", beschwichtigt Opa und steht auf. Krriinngg!

„Komme!", sagt Opa und hebt auch schon ab: „Junker?" Er hält die Muschel zu, lehnt sich am Türrahmen zur Küche hinein und flüstert: „Eure Mami." Endlich kommt er zu Wort: „Erst mal guten Abend, Maja. Ja, ja, äh ...", dann lange wieder nichts, dann „ja, ich ..." Opa schüttelt den Kopf. Dann witzelt er: „Es ist mir immer wieder ein Rätsel, dass es Leute gibt, die ohne zu atmen reden können, und die mit mir verwandt sein sollen. Ich habe verstanden. Ich sage es ihnen. Ja. Ja. Dann auch dir gute Nacht und wir gratulieren Jürg. Tschau Maja, mein Schatz." Opa kommt in die Küche zurück und streicht sich mit dem rechten Ärmel über die Stirn, als müsste er sich den Schweiß nach einer übermäßigen Anstrengung abwischen. „Eure Mami", beginnt er wie ein Vortragsredner, „möchte euch morgen gegen zehn Uhr abholen. Euer Vater hat nämlich …"

Plötzlich hämmert jemand gegen die Haustür. Opa verstummt. Es poltert erneut. Jetzt wird auch Opa unruhig. Alle Bekannten klopfen an das Scheunentor. Nur Fremde kommen an die Haustür. Wieder schlägt eine Faust gegen die Tür. Blicke kreuzen sich. Er fasst sich, steht auf und ruft: „Ich komme! Nur alles mit der Ruhe bitte." Ein Blick zur Küchenuhr. Halb neun. Er öffnet die Tür. Ein kalter Wind streift ihn. Vor ihm bauen sich zwei Polizisten auf. „Wenzel Junker?", fragt der Vordere in einem militärischen Ton. Der andere steht wie Beiwerk dahinter.

„Ja."

„Guten Abend. Haben Sie ein schwarzes Fahrrad?"

„Ja."

„Waren Sie gestern am Bahnhof?"

„Äh …, worum geht es?"

„Ich stelle hier die Fragen! Waren Sie gestern am Bahnhof?"

„Mh … ja."

„Was haben Sie da gemacht?"

Opa Wenzel kapiert. Jetzt heißt es souverän sein. Sich mit keinem Wort verplappern. Und das bevorstehende Kreuzverhör von Oma und ihren kriminalistischen Scharfsinn nicht unterschätzen. Logik. Logik, das ist jetzt alles.

„Ich habe nachgeschaut, mit welchem Zug meine Frau ankommen könnte."

„Mh! Und heute? Was hatten Sie heute Abend am Kiosk zu suchen?" Der Tonfall des Polizisten verschärft sich.

Opa Wenzel tritt einen Schritt nach vorne und drängt den Polizisten zurück. Hinter seinem Rücken zieht er dezent die Tür zu. „Die Kälte", kommentiert er trocken.

„Wir können auch ins Haus gehen!"

„Wir haben die Enkelkinder zu Besuch, und ich glaube, die können auf diese Lächerlichkeit verzichten."

„Lächerlichkeit? Werden Sie nicht unverschämt! Also: Was hatten Sie heute am Kiosk zu suchen?"

„Ah, gestern war es der Bahnhof und heute ist es der Kiosk?" Opa versucht, Zeit zu schinden.

„Lassen Sie das. Ich frage Sie zum letzten Mal."

Opa antwortet mit leiserer Stimme, sodass er drinnen nicht verstanden werden kann. „Ich habe heute von Bekannten gehört, dass der Junge von einem Dienstkameraden, wissen Sie, der bekam noch einen Nachzügler, also von früher, als wir, äh, wo war das noch … Militärdienst ma…"

„Kommen Sie auf den Punkt. Ich habe nicht vor, hier zu übernachten."

„Gut. Der ist tödlich verunglückt. Ich konnte das kaum glauben. Und dann sagte er noch, dass die Todesanzeige in der gestrigen Ausgabe stand. Ich habe diese Zeitung nicht abonniert und habe mir gedacht, vielleicht haben die am Kiosk noch eine gestrige Zeitung und ich könnte da mal kurz nachsehen. Und tatsächlich, sie hat …"

„Schon gut. Und dann, was haben Sie dann gemacht?"

„Ich bin nach Hause gegangen."

„Sie wurden gesehen. Sie haben die untere Straße genommen."

„Ist das verboten?"

„Nicht frech werden."

Jetzt wird es sogar dem geduldigen Opa zu bunt. Wie aus der Pistole geschossen in einem forschen Ton fährt er den Beamten an: „Wer wird denn hier frech? Sie schlagen fast die Tür ein, klären mich nicht auf und verhören mich. Glauben Sie, ich kenne meine Rechte nicht? Entweder, Sie sagen mir jetzt auf der Stelle, worum es geht, oder ich hänge Ihnen ein Disziplinarverfahren an!"

Der Polizist zuckt zusammen. Das hätte er dem Alten nicht zugetraut. Sein uniformiertes Mitbringsel tritt einen weiteren Schritt zurück. Der Vordere räuspert sich: „Der Kiosk ist heute Abend überfallen worden."

„Das tut mir leid. Wann war das?"

„Kurz nach sieben."

„Da war ich längst zu Hause und habe mit meiner Frau und den drei Enkeln zu Abend gegessen. Vier Zeugen, um genau zu sein."

„Mhm, ja, wir müssen jedem Hinweis nachgehen. Und ein Zeuge hat Sie gesehen und erkannt und fand, dass Sie sich etwas merkwürdig verhalten haben."

„So. Und?"

„Dann wollen wir Sie mal in Ruhe lassen. Falls neue Fakten auftauchen, die Sie belasten, melden wir uns wieder bei Ihnen, verstanden?"

„Tun Sie das. Guten Abend."

„Guten Abend." Opa hört das kaum noch. Er wendet sich sofort von den beiden ab und geht hinein. Er schließt die Tür ab und atmet tief durch. Dann geht er in die Küche.

„Was ist denn los?", fragt Oma besorgt.

„Mh, die Polizei."

„Au, die will ich auch sehen", ruft Quirin und springt schon auf.

„Nein, nein. Bleib hier. Die sind schon längst weg", winkt Opa ab.

„Was wollten die denn?", fragt Oma nach.

„Der Kiosk ist überfallen worden."

„Haben sie einen erschossen?", platzt Stefan heraus.

„Also, Bub!", entsetzt sich die Oma. „Woher hast du nur solche Gedanken."

„Sonst ist es doch nicht spannend, Oma", meint Miriam.

„Aber Kind!" Oma schüttelt entsetzt den Kopf.

„Wo waren wir noch?", versucht Opa vom Thema abzulenken. Er will nicht, dass ihn Oma weiter aushorcht. „Ah, ja. Eure Mutter. Papi hat kurzfristig eine Zusage erhalten für eine Forschungsarbeit im Jura. Sein Kollege ist krank geworden und er ist der Nächste auf der Liste."

„Ja, Papi war ganz schön sauer, dass sie ihn nicht als Ersten ausgewählt haben. Er hat gesagt, immer bevorzugen sie diese ledige Pfeife", sagt Miriam.

„Miriam! So spricht man nicht", empört sich Oma.

Stefan bestätigt Miriam in einem ernsten Ton: „Wirklich Oma, Papi hat das am Mittagstisch gesagt. Genau so."

„Was ist das bloß für eine Welt", meint Oma und beginnt den Tisch abzuräumen.

„Wie auch immer, eure Eltern holen euch morgen gegen zehn Uhr ab. Ihr könnt auch mit in den Jura."

„Juhu!", schreit Quirin. Miriam und Stefan freuen sich ebenfalls. Ferien mit den Eltern.

„Ja, der Jura ist eine schöne Gegend. Das gefällt euch bestimmt", meint Opa. Die Kinder beginnen Pläne zu schmieden.

„Soll ich dir beim Abwasch helfen, oder soll ich die Kinder zu Bett bringen?"

„Bring die Kinder hoch, ich komme nachher noch zum gute Nacht sagen."

Für Opa wirkt Oma nachdenklich. Ob sie etwas ahnt? Er will sich vor den Enkelkindern nichts anmerken lassen und scheucht sie einen Stock höher ins Bad.

Als die Kinder im Bett sind, alle Geschichten und Gebete gesprochen sind, findet Opa, dass er heute auch früh zu Bett gehen möchte. Es war doch ein anstrengender Tag. Oma widerspricht ihm nicht. Sie fragt ihn nicht weiter aus.

„Komm, wir hören uns noch etwas klassische Musik im Radio an", lädt ihn Oma ein. „Das lässt uns innerlich zur Ruhe kommen."

„Gute Idee." Sie setzen sich auf die Couch und lassen ihre Seelen mit den Klängen in eine andere Sphäre tragen. Schnell ist der Alltag weit weg. Dann gehen sie schlafen.

16. KAPITEL

Am Morgen traben Miriam und Stefan vor Oma und Opa ins Bad.

„Das gibt es doch nicht", sagt Oma.

Opa grinst mit geschlossenen Augen, dreht sich um, zieht die Decke hoch und murmelt: „Ohne mich."

„Also, Wenzel!" Oma schlüpft in Morgenrock und Pantoffeln und geht ins Bad. „Na, ihr Frühaufsteher", begrüßt sie die Kinder, „könnt ihr es kaum abwarten?"

„Weißt du, Oma", beginnt Miriam, „Papi hat so vom Jura geschwärmt, und dass es da viele Pferde gibt."

„Außer Quirin, der mag Pferde nicht. Ihm sind die Gäule zu gross", lacht Stefan.

„Ich gehe nachher ins Bad. Ich stell euch das Frühstück schon mal auf den Tisch." Oma geht hinunter in die Küche. Sie mag es gar nicht, ungewaschen und im Morgenrock den Tag zu beginnen. Aber was tut man nicht alles für seine Enkelkinder. Quirin schlüpft zu Opa unter die Bettdecke. Der ist das nicht gewohnt. So etwas haben seine Kinder nicht gemacht. Aber er genießt es. Wie schnell ist diese Kuschelzeit vorbei. Opa ist nur kurz weggedöst, da klopft es an der Zimmertür. Oma trommelt leise mit den Fingerspitzen an die Tür, macht sie einen Spalt auf und säuselt ins Zimmer: „Das Bad ist frei für den Jüngsten und den Ältesten." Sie lässt die Tür offen und geht in die Küche. Sie möchte, dass alle zusammen am Tisch essen. Aber Miriam und Stefan sind nicht zu bremsen. Sie wollen packen und bereit sein, wenn ihre Eltern sie abholen. Außerdem müssen sie die Steine von der *Thur* sortieren. Sie wissen, dass Mami diese „Erdverschiebungen", wie sie sie nennt, nicht gutheißt. Nach dem Urteil ihres Papis könnten sie alles anschleppen. Er ist dann stolz auf seine Kinder und findet, dass sie seine Forschergene geerbt haben.

Die Sonne verdrängt den Nebel schon früh.

„Das gibt einen herrlichen Herbsttag", sagt Opa und streckt sich unter dem offenen Scheunentor. Dann sucht er Quirins Siebensachen zusammen. Als Oma die Haufen sieht, die sie alle nach Hause nehmen wollen, vom Schwemmholz über die Steine und die Räbenlichter, schüttelt sie schmunzelnd den Kopf: „Hoffentlich kauft euer Vater bald einen Kleinbus."

„Nein, Oma, einen Lastwagen!", findet Quirin und Stefan setzt noch einen drauf: „Mit Anhänger."

„Wo wollt ihr denn das alles hinstellen?", fragt Opa.

„Wir müssten halt auch so einen großen Bauernhof haben wie Hedna und Hans", meint Miriam.

Tja, durchzuckt Opa ein Geistesblitz, wenn wir wüssten, was da alles … Er kann den Gedanken nicht zu Ende denken, als der große Kombi seines Schwiegersohnes den schmalen Weg entlang auf den Hausplatz fährt. Ein Hallihallo geht los. Alle wollen erzählen, nur die Mutter will organisieren.

„Ganz die Oma", lächelt Opa und drückt seine Tochter herzlich.

Stolz hilft sein Schwiegersohn, die Fundschätze im Auto zu verstauen. Die Räbenlichter will er in feuchte Tücher wickeln, damit sie nicht austrocknen.

„Ich hole dir welche", nimmt ihm der Opa den Gang ab. Unter der Werkbank zieht Opa eine alte Wolldecke hervor. Er schüttelt sie kurz aus. Da fällt ein Briefumschlag auf den Boden. Aus einem Reflex heraus greift er nach dem Kuvert, steckt es ohne anzuschauen in die Hosentasche und geht in die Küche. Er feuchtet die Decke gut an und wringt sie aus. Schnell eilt er nach draußen, damit er nicht alles volltropft. Die Kirchturmuhr schlägt Viertel nach zehn, als sie sich voneinander verabschieden. Irgendwie ist der Abschied intensiver als auch so schon, denkt Opa. Eine Veränderung liegt in der Luft. Er und Oma winken dem Kombi hinterher. Die Kinder lehnen sich aus den Fenstern und winken und rufen: „Auf Wiedersehen."

Opa seufzt. Er greift sich ans Hosenbein und prüft, ob der Briefumschlag noch da ist.

„Was ist?", fragt Oma.

„Zeit für eine Tabakpfeife", antwortet Opa belanglos. Er zieht die kleine Holzbank aus der Scheune und stellt sie draußen in die Sonne. „Komm, Oma, wir tanken ein paar Sonnenstrahlen, bevor du den unbändigen Drang verspürst, alle Spuren im Haus zu beseitigen." Er erschrickt selber über seine Wortwahl, lässt sich aber nichts anmerken, sondern versucht, humorvoll zu wirken.

Beide sitzen gemütlich auf der Bank, als Oma fragt: „Weshalb war gestern Abend die Polizei hier?"

„Im Kiosk wurde eingebrochen und die wollten wissen, ob ich etwas gesehen habe."

„Aber du warst doch in der Unterführung und nicht am Kiosk."

„Tja, weißt du, ich dachte, ich könnte noch eine Packung Tabak kaufen. Aber dann fuhr gerade der Schnellzug ein und es waren so viele Leute am Kiosk, da habe ich mir das wieder anders überlegt." Opa ist von sich selbst überrascht, wie er seine Frau anschwindelt, ohne zu überlegen, ohne, dass es ihm etwas ausmacht. Er tut es einfach. Es geschieht automatisch. Will er sie beschützen? Will er sie vor etwas bewahren? Aber wovor? Er versteht es nicht.

„So."

„Wahrscheinlich hat mich jemand beobachtet und mich als möglichen Zeugen der Polizei gemeldet."

„Mhm. Die Decke, die du unseren Lieben mitgegeben hast, war das nicht unsere alte Picknickdecke?"

„Ja."

„Ich habe sie ganz vergessen."

„Wir haben sie vor einer Ewigkeit das letzte Mal benutzt."

„Ja, ich erinnere mich. Wir haben nach der Gartenarbeit hinter dem Haus ein Picknick zu zweit gemacht."

„Ach so, ja, wir wollten uns belohnen, waren aber zu müde, um wegzufahren, und fanden es zu Hause am schönsten."

„Und am Abend wollten wir das klassische Wunschkonzert nicht verpassen", lächelt Oma. „Hat uns da Adelheid nicht sogar besucht?"

„Ich glaube, ja. Ihr ist ein Huhn ausgebüxt. Da hat sie es hinter dem Hühnerstall in der Wiese gesucht. Dabei hat sie uns entdeckt und sich kurz zu uns gesetzt."

„Ja. Da war sie noch ... irgendwie normaler."

„Fing sie danach an, Hedna und Hans auf dem Hof nicht mehr zu helfen?"

„Mhm, könnte sein."

Beide schauen auf. Der Postbote radelt direkt auf sie zu.

„Spät dran", hänselt ihn der Opa.

„Kein Wunder bei diesen Nachrichten!", keucht dieser.

„Wieso, schlägt ein Kiosküberfall solche Wellen?"

„Kiosküberfall? Pah! Das ist doch noch gar nichts! Hier! Hier, schauen Sie mal, was die Polizei zu melden hat!", schreit der Postbote und fuchtelt mit der Kantonalen Zeitung vor der Nase vom Opa herum. Opa nimmt ihm die Zeitung ab. Oma ist auch aufgestanden und nimmt die Briefe entgegen. „Wiedersehen", kommt es kleinlaut über Opas Lippen. Dann liest er Oma halblaut die Titelseite vor: „Die Kriminalpolizei fordert die Bevölkerung auf, Hinweise zu liefern. Es sei ein anonymes Paket auf der Polizeiwache in ... oh, in unserem Dorf ... abgelegt worden. Darin befand sich ein Stück eines Körperteiles. Erste Untersuchungen haben ergeben, dass es sich um einen Mann gehandelt haben muss. Das Alter schätze man zwischen zwanzig und vierzig. Die Untersuchungen bereiten den Ermittlern Schwierigkeiten, weil dieses Körperteil tiefgefroren war." Opa geht zwei Schritte rückwärts und setzt sich auf die Holzbank. Oma auch.

„So etwas geschieht doch nur in der Stadt", stammelt Oma, „aber bei uns? Nicht zu fassen."

„Du hast recht, Oma. Bei uns auf dem Land doch nicht." Opa lässt die Zeitung auf seine Knie sinken.

Oma zieht sie ihm weg. „Was schreiben sie denn noch?" Oma liest den ganzen Artikel. „Mhm, die machen keine genaueren Angaben, um keine Besserwisser anzulocken." Opa schweigt. „Was geht in dir vor, Wenzel?"

„Ähh …, nichts. Ich bin nur schockiert."

Er weiß nicht, was er denken soll. Er weiß auch nicht, was er erwartet hat, nachdem er das Paket abgelegt hat. Er musste damit rechnen, dass es Folgen haben würde. Aber er hat sich keine weiteren Gedanken darüber gemacht. Und jetzt? Was soll er jetzt unternehmen? Es gelingt ihm nicht, weitsichtig zu sein. Früher konnte er das. Er konnte sein Handeln stets gut einschätzen und planen. Aber jetzt scheint alles so unvorhersehbar zu geschehen. Er hat das Gefühl, dass er sich selber hinterherläuft. Er weiß nicht, wie ihm geschieht. Er schüttelt sich kurz und streift mit beiden Händen flach über seine Oberschenkel. Er spürt den Brief.

Oma schaut ihn fragend von der Seite an: „Ist etwas mit dir?"

„Nein, nein", beschwichtigt er sie.

Sie steht auf: „Ich geh schon mal die Betten abziehen und sauber machen."

Opa zündet seine Pfeife nochmals an. Die ist ausgegangen, ohne dass er sie zu Ende geraucht hat. Das passiert nicht oft. Sonst kann er das Rauchen genießen, aber jetzt? Er überlegt sich nochmals genau, wie das war, bei jenem Picknick hinter dem Haus. Magda fing das Huhn ein und warf es ins Gehege. Bevor er und Oma das Geschirr und den Rest ins Haus tragen konnten, kam sie zu ihnen herüber. Sie wechselten ein paar Worte. Dann trugen er und Oma das Zeug in die Küche.

Als er zurückkam, überreichte ihm Magda die zusammengefaltete Wolldecke und verabschiedete sich. Ja, so in etwa muss es gewesen sein. Opa lehnt sich nach vorne und schaut die Hauswand hoch, ob ein Fenster offen steht. Alle sind geschlossen. Oma wird sicher eines öffnen, um die Zimmer zu lüften. Vorsichtig greift er in die Hosentasche und zieht den Briefumschlag am Körper entlang heraus. Wie früher in der Schule auf einen Spickzettel späht er verstohlen auf die Schrift. *Geheimnisse sind tödlich* steht darauf. Was soll das bedeuten?, fragt er sich. Er liest es nochmals: *Geheimnisse sind tödlich*. Er steckt den Brief in den Umschlag und schiebt ihn in seine Hosentasche zurück. In der kurzen Zeit, als er und Oma das Geschirr in die Küche trugen, konnte Magda oder Adelheid, er weiß nun selber nicht mehr recht, wie er sie nennen soll, unmöglich so schnell einen Brief geschrieben haben. Sie muss ihn schon länger mit sich herumgetragen und auf eine Gelegenheit gewartet haben, ihm oder Oma diesen zuzustecken. Gilt der Brief nun ihm oder Oma? Leicht irritiert schüttelt er den Kopf, als wollte er das Unwohlsein, das er verspürt, abschütteln. Er raucht die Pfeife zu Ende, klopft sie aus und geht in die Werkstatt. Er wirft den Brief mit dem Umschlag in seinen kleinen Ofen und zündet ihn an. Die feuchten Zeitungen sind nicht vollständig verbrannt. Er schiebt etwas trockenes Holz nach. Sicher ist sicher. Weitere Gedanken beschäftigen ihn. Wenn er jeden Verdacht von sich weisen will, dann darf er der Polizei keine Hinweise liefern. Und wenn sie trotzdem auf ihn kommen sollten, so sollen sie nichts finden. Er fühlt sich sicher und räumt die Werkbank auf. In Gedanken geht er immer wieder alle Handlungen der vergangenen Tage durch. Hat er etwas übersehen? Kann man ihm irgendetwas nachweisen? „Schluss jetzt!", sagt er zu sich selber. Er geht ins Haus und sieht nach, ob er Oma helfen kann. Ohne viele Worte arbeiten beide Hand in Hand. Plötzlich sagt Oma: „Was meinst du, sollen wir die Einkäufe für das Wochenende diesmal in der Stadt machen?"

„Wie kommst du denn darauf?", wundert sich Opa.

„Na ja, ich dachte nur, wegen dem Gerede."

„Wieso?"

„Ich finde es einfach unangenehm, wenn man von allen auf diese Zeitungsmeldung angesprochen wird", versucht Oma zu beschwichtigen. „Und wenn andere Leute Adelheids äußere Veränderung mitbekommen haben, denken sie vielleicht, wir sollten etwas darüber wissen. Als Nachbarn."

„Meinst du?"

„Ich werde das Gefühl nicht los. Gestern in der Bäckerei waren Ruth und Alice so distanziert und haben getuschelt."

Opa kann sich dem Gefühl nicht entziehen, dass sie mehr weiß oder ahnt, als sie zugibt. Will er es wirklich wissen? Nein. Also antwortet er: „Ja, das ist eine gute Idee. Vielleicht entdecken wir wieder einmal etwas Neues, das wir ausprobieren können. Wer weiß, was für eine kulinarische Köstlichkeit auf uns wartet."

17. KAPITEL

Am Nachmittag springt das Auto nur widerwillig an. Es steht im ehemaligen Stall, den Opa zu einer Garage umgebaut hat. Die Vorschriften erlauben es nicht, das Auto in der Scheune zu parken, wegen der Brandgefahr auf dem Holzboden. Sie benutzen den Wagen immer seltener, und das scheint ihnen der fünfzehnjährige Liebling von Opa übel zu nehmen. Endlich tuckert er gleichmäßig. „Brav", sagt Opa. Oma schwenkt ihren geflochtenen Einkaufskorb über die Lehne vom Beifahrersitz und lässt ihn los. Er bleibt auf dem Rücksitz liegen. Sie steigt ein. Opa lässt die Kupplung kommen und das Auto zuckelt im ersten Gang über den Weg bis zur Hauptstraße. „Links oder rechts?", fragt er.

„Links." Omas Entscheidung. Opa kombiniert. Im nächstgrößeren Ort linker Hand haben sie keine Verwandten und Bekannten. Geschäfte gibt es reichlich. „Gute Wahl", kommentiert er. Sie fahren weiter als ursprünglich vorgesehen, bis an den Bodensee. Nach den Einkäufen gönnen sie sich einen Kaffee und ein Stück Torte. Dabei genießen beide die Aussicht über den See bis zu den österreichischen Bergen und dem deutschen Horizont. Sie unterhalten sich über die Schönheit der Landschaft. Gegen fünf Uhr machen sie sich auf den Heimweg. Der See vermag den Nebel länger zu vertreiben als landeinwärts. Mit jeder Ortschaft wird er dichter. Opa fährt langsamer als die vorgeschriebene Geschwindigkeit. Ein Traktor mit zwei überladenen Anhängern zwingt ihn, noch langsamer zu fahren. Eine Nebelwand verringert die Sicht auf wenige Meter. Plötzlich gibt es einen lauten Knall, und vor ihnen kullern Zuckerrüben über die Straße. Opa macht eine Vollbremsung. Die Reifen quietschen, dann holpert das Auto über die Rüben und schwankt hin und her. Endlich kommt der Wagen zum Stehen. Das Auto hinter ihnen kann gerade noch rechtzeitig bremsen, bevor es auf sie auffährt. Opa steigt aus. Der Bauer steht schon auf der Straße und flucht, was das Zeug hält. Die Achse vom zweiten Anhänger ist gebrochen.

Der Fahrer vom hinteren Auto kurbelt die Scheibe runter und schreit den Bauern an: „Immer diese Subventionsschmarotzer! Ihr müsst halt das Geld für euer Fuhrwerk ausgeben und nicht für einen Sonntagsschlitten!"

Der Bauer schäumt vor Wut: „Idiot!"

Opa Wenzel versucht, den Bauern zu beruhigen: „Vorsicht, sonst riskieren Sie noch eine Anzeige wegen Beleidigung. Das brauchen Sie jetzt sicher nicht auch noch."

Mit den Füßen schieben sie die Zuckerrüben vorsichtig unter den vorderen Wagen und auf die andere Straßenseite. So machen sie eine Spur frei, damit der Verkehr durchkommt. Danach stellen sie Pannendreiecke auf. Opa holt seines aus dem Kofferraum und stellt es ein paar Meter weiter zurück auf. Ein Bekannter des Bauern ruft beim Vorbeifahren: „Ich schicke Hilfe!" Der Bauer flucht und wettert weiter vor sich hin. Opa geht zurück zum Auto und fragt die Oma, ob sie sich verletzt hat.

„Nein, nein, Wenzel, ich habe nur weiche Knie."

„Ich helfe dem Mann, wenn es dir recht ist."

„Mach nur, wenn es nicht zu anstrengend für dich ist."

Opa hört den Satz nicht zu Ende. Er geht auf den Bauern zu. Schon nach kurzer Zeit kommt ihnen ein Traktor mit einem Wagen entgegen.

„Verdammter Mist!", schimpft der Zuckerrübenbauer.

Der Ankommende mault zurück: „Ich habe dir schon oft gesagt, du sollst einmal mehr fahren! Aber nein! Du ..."

„Halts Maul!"

„Pass auf, was du sagst, sonst kannst du den Scheiß alleine aufräumen!"

„Geben Sie mir eine Rübengabel", unterbricht Opa die Streithähne. Er folgert, dass der Jüngere, der zu Hilfe gekommen ist, der Sohn sein könnte. Er wagt nicht zu fragen. Er will nicht, dass der Streit eskaliert. „Sonst werden wir nie fertig", beruhigt er die Männer.

Murrend lenken die beiden ein und zu dritt schaufeln sie die verstreuten Zuckerrüben auf den Wagen. Der Jüngere hängt den vollen Wagen ab, wendet den Traktor und hängt den kaputten Anhänger an. Dann schiebt er das Vehikel in die Wiese hinein. Er hängt es ab, und bevor er wieder auf den Traktor steigt, bedankt er sich bei Opa für die Hilfe. Den Rest der Rüben vom kaputten Anhänger schaufeln die zwei Bauern alleine auf den mitgebrachten Wagen um. Opa packt sein Pannendreieck ein. Der Bauer lässt ihm die Vorfahrt und bedankt sich mit einer Geste. Vorsichtig fährt Opa das Auto auf die Straße.

„Jetzt ist das Profil der Reifen voll Dreck, also bremst das Auto noch schlechter", kommentiert er seinen Fahrstil. Oma ist es recht. Hauptsache sie kommen heil nach Hause.

Opa stellt das Auto auf dem Hausplatz ab. „Ich spritze die Räder mit dem Gartenschlauch ab, sonst habe ich den ganzen Dreck in der Garage." Oma hätte es lieber gesehen, er wäre direkt hineingefahren. So kann jeder sehen, dass sie ihre Einkäufe nicht im Dorf getätigt haben. Sie versucht, jedes mögliche Gerücht im Keim zu ersticken. Das war ihr schon immer wichtig. Bevor sie Opa antworten kann, hat er schon den Motor abgestellt. Er packt den vollen Einkaufskorb und die Papiertaschen und trägt sie in die Küche. Oma kontrolliert mit einem Rundumblick alle Nachbarn. Sie sieht, wie Hedna aus dem Küchenfenster späht.

Sie weicht nicht zurück, als Oma sie direkt ansieht. Auch einen Stock höher, bei Adelheid, brennt Licht in der Küche und der Vorhang bewegt sich. Nur Julia scheint sie nicht zu kontrollieren. „Was die da oben wohl denken?", fragt sich Oma. Sie folgt Opa und geht in die Küche. Er stellt die Einkäufe auf den Küchentisch. Danach macht er sich in der Werkstatt am Gartenschlauch zu schaffen. Er rollt ihn auf dem Platz aus. Zum Glück hat er beim Außenhahn das Wasser noch nicht abgestellt. So schließt er den Schlauch an, und spritzt die Reifen ab, bis das Profil sauber ist. Er fährt das Auto einige Zentimeter zurück. Nun kann er den Bereich, der vom Boden abgedeckt war, auch noch reinigen. Opa ist sehr gründlich, fast liebevoll, wenn es um sein Auto geht. Er nennt es *sein Schmuckstück*. Und wenn er besonders stolz auf den Wagen ist, bekommt er den Namen *sein Prunkstück*. Es ist das dritte Auto, das sie sich geleistet haben, und es wird wohl von keinem anderen mehr abgelöst werden. Wenn es nach Oma geht. Opa holt eine Handvoll Putzfäden und wischt den Schlauch sauber. Dann fährt er widerwillig das Auto in die Garage. Er würde es lieber vollständig waschen. „Eine Arbeit für morgen", seufzt er und streichelt sein Auto über der Fahrertür.

Dann geht er in die Küche: „Na, was gibt es denn zu futtern? Genießen wir eine unserer neu erworbenen Köstlichkeiten?" Er spürt, dass Oma etwas abwesend ist. „Was ist los?", fragt er.

Oma wedelt mit einem Papiersack vor seiner Nase herum. „Das ist noch so ein alter Sack aus Hedwigs Laden, weißt du noch? Adelheid hat darin die Schoggistengeli für die Kinder mitgegeben."

„Was willst du damit sagen?"

„Tja, wer bewahrt Papiersäcke über so viele Jahre auf? Das Geschäft existiert doch seit Urzeiten nicht mehr. Und warum gibt sie ausgerechnet jetzt Peter einen mit?"

„Das hat doch nichts zu bedeuten, Oma, such nicht hinter allem und jedem einen Grund", versucht Opa sie auf andere Gedanken zu bringen. Wohl ist ihm dabei nicht. Er wünscht sich, dass er den Papiersack genau wie den Brief verbrannt hätte. Ein Gefühl beschleicht ihn, dass ihr beider Leben zu kippen droht.

Er mag das nicht. „Komm, wir schlemmen heute Abend. Ich öffne uns eine Flasche Wein und du packst uns diese Leberpastete aus."

„Du brauchst keine aus dem Keller zu holen. Ich habe gestern zufällig eine mit hochgenommen für den Sonntag." Opa wundert sich. Er ist für den Wein zuständig. Aber bitte, denkt er, mir soll es recht sein. Ohne die Flasche genauer zu betrachten, zieht er den Korken. Schweigend sitzen sie am Tisch. Opas Gedanken sind überall, nur nicht beim Essen oder beim Wein.

Plötzlich ist draußen ein Höllenlärm. Hans kurvt mit dem Traktor um die obere Hausecke und bleibt mit einer Vollbremsung auf dem Hinterhof stehen. Opa und Oma zucken vor Schreck zusammen. Opa springt vom Tisch auf: „Was ist denn da draußen los?" Oma eilt ihm in die Stube nach. „Kein Licht machen", flüstert er. Er geht zum Fenster ganz rechts und hebt an der Seite leicht den Vorhang. Von hier kann er am besten die Hintertür des Bauernhauses sehen. Hans springt vom Traktor und gestikuliert wild mit den Händen. Hednas grelle Stimme vibriert. Sie können sie kaum verstehen. Sonst ist sie immer glasklar über viele Meter zu verstehen.

„Das ist doch bloß ein Irrtum! Beruhige dich. Geh in den Stall und …"

„Halt!", ertönt eine laute Männerstimme. Dann erscheint hinter Hedna ein Polizist. Zita zieht den Schwanz ein und hinkt die Treppe hinunter zu Hans.

„Sie bleiben hier!", befiehlt der Polizist. Dann sagt er etwas in normaler Lautstärke, sodass sie in der Stube die Worte nicht mehr verstehen können. Ein zweiter Polizist taucht im schmalen Durchgang zwischen der unteren Hauswand und der Scheune auf. Mit einer leuchtenden Taschenlampe geht er seitlich in die Scheune. Mit breit gespreizten Beinen, die Hände in die Hüften gestemmt, überwacht der Polizist auf der Treppe das Geschehen. Mal blickt er zurück zum Hausgang, mal Richtung Scheune, dann wieder auf die obere Seite des Hauses. Oma schüttelt verzweifelt den Kopf: „Opa, was hat das zu bedeuten? Was ist geschehen?"

„Keine Ahnung", erwidert er flüsternd. Nun kommt ein Polizist aus dem Hinterausgang des Kuhstalls direkt auf den

Hausplatz von Junkers zu und fuchtelt mit der Taschenlampe herum. Blitzartig dreht sich Opa vom Fenster weg und drückt sich und Oma an die Wand. Oma erschrickt. „Die brauchen uns nicht zu sehen", beschwichtigt er sie. Vorsichtig wagt er den Blick wieder nach draußen. Der Polizist geht zum Hof hinauf. Der Traktor versperrt die Sicht. Im oberen Stock bei Magda brennt das Licht im Hausflur und in der Küche. Andere Fenster sind von hier aus nicht zu sehen. Es dauert noch eine ganze Weile, dann schwingt der Polizist auf der Treppe die Arme. Opa deutet das als Abmarsch. Ein weiterer Polizist kommt aus dem Wagenschopf gegenüber. In einer Einerkolonne verschwinden die drei Beamten durch den Hausgang in Richtung Vorderseite des Bauernhauses. Bei Adelheid geht das Licht im Gang aus.

„Ich glaube, der Spuk ist erst mal vorbei", flüstert Opa zu Oma. Im Dunkeln gehen sie in die Küche zurück. Opa nimmt einen kräftigen Schluck Rotwein. Der Wein breitet sich warm in seinem Körper aus. Ein leichtes Beduseln durchströmt ihn. Aufpassen, Herr Junker, aufpassen, spricht er innerlich zu sich selber, am Ende bist du beschwipst und sagst etwas, das du lassen solltest.

„Die haben doch nichts mit dem Einbruch im Kiosk zu tun?", fragt Oma.

„Kann ich mir auch nicht vorstellen", antwortet Opa möglichst belanglos, denn mit seinen Gedanken ist er beim Päckchen. „Vielleicht ergibt sich morgen eine Gelegenheit, mit Hans zu sprechen."

„Der wird eine Wut im Bauch haben, wenn er den Stall erst so spät fertig machen kann", folgert Oma.

Den restlichen Abend verbringen sie vor dem Fernseher. Es ist beiden egal, was gesendet wird. Jeder hängt seinen Gedanken nach. Opa bemerkt, dass Oma auch etwas so intensiv beschäftigt wie ihn. Ob sie etwas weiß? Und wenn, was und woher? Er will sie nicht fragen. Vielleicht täuscht er sich ja und dann müsste er mit der Sprache herausrücken. Der Wein hat beiden die nötige Bettschwere eingeflößt. Sie gehen früh schlafen. Beide liegen lange wach.

18. KAPITEL

Am Morgen stehen sie später auf als gewohnt. Opa braucht eine Tasse Kaffee mehr. „Ich wasche mein Schmuckstück", gibt er als Tagesplan vor.

„Und wenn du Hans siehst, was willst du ihn fragen?"

„Beschäftigt dich das dermaßen?"

„Ach, ich dachte nur, dich etwa nicht?"

„Doch schon", versucht Opa der Angelegenheit die Brisanz zu nehmen. „Oder soll ich dir beim Samstagsputz helfen?"

„Lass nur, polier du dein Schmuckstück auf Hochglanz und pass auf, dass du nicht den ganzen Lack wegschrubbst", witzelt sie.

Opa ist erleichtert. Das ist seine Oma.

Er fährt den Wagen auf den Hausplatz und montiert den Gartenschlauch. Dann holt er alle Utensilien aus der Werkstatt. Oma fängt oben mit den Schlafzimmern an, und lässt in jedem Zimmer ein Fenster offen, damit sie sofort hört, wenn Opa mit jemandem redet. Immer wieder schaut sie auf den Platz hinunter. Nichts. Niemand lässt sich blicken. Opa spielt die verrücktesten Gedankenspiele durch. Haben sie etwa die Tiefkühltruhe entdeckt, aus der die Kinder das Päckchen haben? Dann wäre Magda sicher festgenommen worden. Da die Polizei über den Vordereingang hinein- und hinausgegangen war, konnten er und Oma das nicht beobachten. Oder ging es um etwas ganz anderes? Opa spürt, dass er mit jedem Wisch mit dem Schwamm neugieriger wird. Die Farbe des Autos ist nicht mehr zu sehen. Wie eine Kumuluswolke steht das Auto vor ihm. Schon fast wütend, dass er seine Neugier nicht befriedigen kann, packt er den Gartenschlauch und spritzt den Schaum ab. Das Schaumwasser wälzt sich über den Platz und fließt die schmale Kiesstraße hinunter. Der Boden ist noch vollgesogen vom Unwetter und kann diese Flut nicht auch noch schlucken.

„Pass auf, dass du keine Anzeige wegen Grundwasserverschmutzung an den Hals kriegst!", schreit Hans aus der Stalltür.

Opa wirbelt herum und bespritzt sich dabei selbst.

„Bist du jetzt wach?", ruft Hans. Mit zünftigen Schritten kommt er aus dem Stall. Er hat die Melkerbluse noch an und seine Gummistiefel sind voll mit Kuhmist.

„Dir würde es auch nicht schaden, wenn du etwas Wasser abbekommen würdest!", kontert Opa Wenzel.

Oma ist indessen an das offene Fenster gedüst, aber so, dass man sie vom Hofplatz aus nicht sehen kann. Den Staubsauger lässt sie laufen, gibt ihm aber einen kräftigen Stoß mit dem Fuß, damit er in der anderen Ecke des Zimmers landet. Jetzt kann sie die beiden Männer besser hören.

„Sag mal, Hans", beginnt Opa, „was war denn gestern Abend los?"

Hans steht direkt vor Wenzel. „Dieses falsche Saupack!", wettert er los. „Die sollen sich mal auf die Suche nach diesen Feiglingen machen. Anonyme Päckchen abgeben, anonyme Anrufe tätigen, anonyme Verdächtigungen auf Zettel schreiben!"

„Wovon sprichst du?", fragt Opa so unschuldig, wie er nur kann.

„Hast du denn die Zeitung nicht gelesen?"

„Die heutige ist doch noch gar nicht da."

„Nein! Die gestrige! Seit so ein Idiot ein Paket mit einem Stück Leiche vor unserer Polizeiwache abgelegt hat, spielt das ganze Dorf verrückt! Bald jedem geht die Fantasie wie ein Ackergaul durch! Jeder will sich bei der Polizei profilieren. Anonym natürlich. Diese Feiglinge haben ja nicht den Mut, sich zu erkennen zu geben. Aber andere anschwärzen, das können sie. Die sollen mal den Dreck vor der eigenen Haustür kehren!" Hans redet sich die angestaute Wut von der Seele. Aber Opa kann ihm nicht ganz folgen, außer bei der Sache mit dem Päckchen.

„Also, das mit dem Paket stand in der Zeitung. Aber was meinst du mit den Anrufen oder Zetteln?"

„Angeblich ist man verdächtig, wenn man einmal aus der Reihe tanzt. Erinnerst du dich, nach dem Unwetter ging Hermine mit den Kindern in den Zirkus. Hedna und ich haben den kaputten Mäher zum Landmaschinenmechaniker gebracht und noch ein paar Maschinen angeschaut. Da Ursula dreißig wird, hat Hedna das Geschenk mitgenommen. Auf dem Heimweg habe ich bei der Polizeiwache angehalten, weil da ein Parkplatz frei war, und ich noch auf die Bank musste. Hedna hat in der Zwischenzeit das Paket bei der Post aufgegeben. Und nun rate mal, was solche Neunmalklugen, ANONYM versteht sich, melden? Das Paket sei von ihr! Man hat ja den Traktor erkannt. Wenn die schon gaffen, dann sollen sie es richtig tun, dann brauchen sie nicht so einen Mist zu erzählen!"

„Das ist ja allerhand", bestätigt Wenzel, „und etwas weit hergeholt."

„Aber Anlass genug für die Polizei, uns ins Haus zu trampeln, von der Arbeit abzuhalten und blöde Anspielungen zu machen."

„Wie?"

„Ja, halt wegen Magda, weil die auf ihre alten Tage etwas komisch wird. Weiß der Kuckuck, was in ihr vorgeht. Im Alter ist halt schon mancher schrullig geworden. Bis jetzt hat sie noch keinem ein Haar gekrümmt. Du glaubst gar nicht, was den Leuten alles in den Sinn kommt."

„Mhm", meint Wenzel. Er weiß nicht, was er denken soll.

„Also alles nur Verdächtigungen, sonst nichts?", fragt er unschuldig nach.

„Natürlich." Hans atmet tief durch. „Wird Zeit, dass ich dem Kalb noch etwas Milchpulver anrühre. Es ist sehr schwach." Dann dreht er sich um und verschwindet im Stall.

Opa schaut instinktiv auf die obere Fensterreihe vom Haus. Er hat das Gefühl, dass Oma alles mitgehört hat, tut aber so, als wäre nichts. Wie wird das noch ausgehen, denkt er sich. Wie würde Hans reagieren, wenn er wüsste, von wem das Paket ist? Opa wendet sich wieder seinem Auto zu und trocknet es mit dem Hirschledertuch ab.

Die Post kommt. Opa schnappt sich sofort die Zeitung, setzt sich auf den Scheitstock und stopft sich eine Pfeife. Oma riecht den Tabak. Sie geht hinunter.

„Wenn du auch eine Pause machst, ziehe ich natürlich die Holzbank vor die Scheunenwand", sagt er, ohne die Pfeife aus dem Mundwinkel zu nehmen. Er drückt ihr die Zeitung in die Hand und holt die Bank heraus. Oma lässt die Zeitung geschlossen. Sie weiß, dass Wenzel es nicht mag, wenn er sie nicht als Erster durchblättern kann. Sie setzen sich und sie gibt ihm die Zeitung zurück.

„Da!", schreckt er auf. Er nimmt noch einen Zug und dann liest er Oma vor: „Eine Mitteilung der Kantonspolizei. Bei dem Stück Leiche, das blablabla", kürzt er ab, „handelt es sich nach den ersten kriminaltechnischen Untersuchungen um einen Mann. Geschätztes Alter zwischen fünfundzwanzig und fünfunddreißig, blond. Das Datum des Tötungsdeliktes wird auf vor circa dreißig Jahren geschätzt." Wenzel schaut auf: „Was die alles feststellen können?"

„Und weiter?", will Oma wissen.

„Mhm, nur noch Vermutungen. Die Polizei bittet immer noch die Bevölkerung um sachdienliche Hinweise."

„Was hat Hans gesagt?" Wenzel erzählt es ihr. Er lässt sie nicht wissen, dass er vermutet, dass sie zugehört hat.

„Ursula wird schon dreißig?", sinniert Oma, „wie doch die Zeit vergeht."

„Ja. Eben noch ein Wildfang. Was war sie für ein aufgewecktes Mädchen", schmunzelt Opa und erinnert sich, dass sie als Kind strohblond war. Er verkneift sich, diesen Gedanken auszusprechen. Wie ein Blitz trifft er ihn. Knüpft seine Frau vielleicht geistig irgendwelche Verbindungen? Frauen sind in dieser Beziehung doch viel schneller als Männer, denkt er. Oder weiß Oma da mehr? Ein blonder Mann. Er will Oma gerade mit einer Frage aushorchen, als sie aufsteht und sagt: „Ich muss weiterputzen, sonst werde ich nie fertig."

„Ich auch", bremst er sich. Wenzel hat keine Ruhe mehr. „Ich brauche den Staubsauger auch noch. Kannst du mich rufen, wenn du ihn nicht mehr benötigst?"

„Sicher", tönt es von drinnen. Wenzels Hirn läuft auf Hochtouren. Was lief all die Jahre direkt vor seiner Nase ab? Er will es nicht wahrhaben. Er ist doch sonst nicht so schwer von Begriff. Wie war das noch mal? Die Eltern von Hans und Magda, oder eben Adelheid, übergaben Hans den Hof und ihr das lebenslängliche Wohnrecht. Dann heiratete Hans seine Hedna. Er musste noch mindestens drei oder vier Aktivdienste leisten. Am Anfang konnten die Eltern noch einspringen, aber dann war dieser schreckliche … Krriinngg! Wenzel sackt in die Knie. Das Telefon nervt ihn zum ersten Mal. Krriinngg! Jetzt weiß er, warum Oma sich immer beklagt über den Kasten. Krriinngg! Wenzel geht in den Flur und nimmt ab: „Junker?" In der Leitung hört er ein leises Knacken. Ob Oma den Zweitapparat im Schlafzimmer abgenommen hat? „Was? Wer ist da?" Am anderen Ende der Leitung meldet sich eine Frau Tanner, Erika Tanner. Wenzel kennt sie nicht. „Was wünschen Sie?"

„Heißt Ihre Frau Hermine? Hermine Stadler mit ledigem Namen?"

„Ja."

„Kann ich sie bitte sprechen?"

„Ja, einen Moment, sie ist oben. Ich schau mal nach." Wenzel drückt die Muschel ganz fest an sein Ohr. Er hört, wie es wieder leise klickt. Oma hat also zugehört. Damit sie von ihm nicht erwischt wird, musste sie auflegen. Er hängt den Hörer an den Haken und geht hinein. Beim Treppenaufgang ruft er: „Oma? Für dich! Kannst du oben abnehmen?"

„Für mich? Wer ist es denn?", fragt Oma mit gekünstelter Unschuldsstimme zurück.

„Eine Frau Tanner, habe ich verstanden."

„Ja, ich gehe ran."

Wenzel geht zurück zum Apparat im Flur und nimmt den Hörer in die Hand. Kaum hat er ihn am Ohr, sagt Oma: „Du kannst auflegen Wenzel, ich bin dran."

Wortlos hängt Wenzel auf. Sie kennt den Trick mit dem Klick. Nur hört man das beim oberen Apparat viel besser als beim unteren. Da muss man gut hinhören. Er schleicht zurück ins Haus. Vielleicht kann er ja unten an der Treppe etwas hören. In dem Moment fängt die Kirche an, elf Uhr zu läuten. „Blödes Gebimmel", schimpft er vor sich hin und geht zu seinem Schmuckstück.

Nun reizt es ihn ungemein, Oma beim Mittagessen aus der Reserve zu locken. Sie hat ihn ausgetrickst, das mag er nicht. Aber er weiß, dass sie unglaublich schlau sein kann. Also aufgepasst, sonst geht der Schuss nach hinten los, denkt er. Mit einer Politur, die so alt ist, dass er nicht mehr weiß, wofür sie ist, die aber immer noch gut riecht, schmiert er die Kunststoffteile im Autoinnern ein. Plötzlich tippt ihm jemand mit den Fingern auf den Rücken. Er schreckt auf und stößt sich den Kopf am Autotürrahmen.

„Oh, sachte, sachte! Ich wollte dich nicht erschrecken."

Er reibt sich mit der linken Hand am Kopf. Augenblicklich ist der Schmerz verflogen. Magda steht vor ihm. „Du?", entfährt es ihm.

„Ja, ich, hast du was dagegen?"

„Ich? Nein. Was willst du?"

„Weißt du, ob Hermine den Papiersack noch hat, den ich Peter mitgegeben habe?"

„Ja, den hat sie erst noch in den Fingern gehabt. Der ist ja noch von anno dazumal, fast schon eine Rarität", scherzt Wenzel.

„Ja, da hast du recht. Kann ich ihn wiederhaben? Ich trenne mich nicht gerne von gewissen Dingen."

„Sicher. Ich hol ihn dir." Wenzel geht in die Küche. Er überlegt kurz. Oma hat mit dem Ding vor seiner Nase herumgewedelt und es dann in die Schublade vom Küchenbuffet geschoben. Er zieht die Schublade auf und entdeckt den Sack sofort. Er geht hinaus.

„Ist die Beule schlimm?", fragt Magda in einem fürsorglichen und überaus freundlichen Ton.

„Nein, nein", beschwichtigt Opa sie. Magda nimmt den Papiersack, faltet ihn auf und streicht mit der Hand über das blaue Logo. „Tja, früher gab es dieses Geschäft noch."

„Früher gab es noch vieles, Magda, aber wir leben heute." Wenzel wird es mulmig im Magen.

„Du hast recht. Und von einigen Dingen muss man sich mit der Zeit trennen. Danke. Grüß Hermine von mir." Leichtfüßig geht sie den Hinterhofplatz hinauf.

Komisch, denkt sich Wenzel, sie ist normal angezogen, hat gewöhnliche Hausschuhe an und trotzdem hat sie etwas Schwebendes an sich. Sie hat nicht diese Schwere wie Hedna und Hans. Wie eine Fee. Wie ist die bloß auf einem Bauernhof gelandet? Die gehört doch in eine ganz andere Welt.

19. KAPITEL

„Träumst du?"

„Oh! Hast du mich erschreckt!", fährt Opa zusammen und greift sich instinktiv an die Beule, als hätte er eine weitere eingefangen.

Oma steht neben ihm. „Wir haben gar nicht darüber gesprochen, was ich kochen soll. Es ist schon elf vorbei."

Opa streicht sich immer noch über den Kopf, ändert aber seine Haltung, als müsste er nachdenken, dabei schmerzt ihn die Beule intensiver, als er vor Magda heldenhaft zugab. „Etwas Einfaches. Mir sind auch Spiegeleier recht."

„Dann hättest du Adelheid gleich fragen können, ob sie ein paar frische Eier entbehren kann."

Wie dumm von mir. Hätte ich nicht gebratenen Fleischkäse sagen können? Oder was haben sie gestern noch eingekauft?, denkt sich Opa. „Da habe ich nicht ans Essen gedacht", redet er sich aus der Situation.

„Was wollte sie?"

„Das wirst du nicht erraten: den alten Papiersack. Ich habe ihn aus der Schublade geholt und ihn ihr wiedergegeben."

„Ich hätte sie bei Gelegenheit schon gefragt, ob sie ihn wiederhaben möchte. Nun hat sich das ja von selbst erledigt. Ich gehe zu Hedna und frage sie nach ein paar Eiern." Oma geht in die Küche und kommt mit einem geflochtenen Körbchen wieder. Sie geht denselben Weg, den Magda soeben gegangen ist, hoch zum Bauernhof. Opa schaut ihr nach. Jetzt wird ihm der Unterschied noch deutlicher. Die federleichte Art von Magda zu Omas bodenständigem Schritt. Er schüttelt den Gedanken ab und poliert weiter. Es dauert über eine Viertelstunde, bis Oma mit den paar Eiern zurückkommt.

„Hat Hedna die erst legen müssen?", foppt er Oma.

Mit einer wegwerfenden Geste geht sie an ihm vorbei und schmunzelt. Opa räumt seine Putzsachen zusammen. Nach dem Essen will er noch Staub saugen.

Oma hat im Nu Suppe, Salat, Gemüse und Kartoffeln fertig. Die Spiegeleier kommen zum Schluss obendrauf. Opa sticht mit der Gabel den goldgelben Dotter auf und verstreicht ihn mit dem Messer über das ganze Ei. „Einfach, aber gut", lobt er seine Frau. „Was hatte denn Hedna zu erzählen?"

„Dasselbe wie dir Hans erzählt hat. Ich habe ihr zugehört, weil es ihr guttat zu reden."

„Das kann ich mir vorstellen. Und wer war diese Frau Tanner?"

„Ich habe sie zuerst nicht erkannt. Sie ist die Frau von einem Bekannten von früher."

„Und was wollte sie?"

„Vor ein paar Jahren ist ihr Schwager gestorben. Erinnerst du dich nicht?"

Opa hat keinen blassen Schimmer. „Keine Ahnung", entgegnet er ihr entgeistert.

„Ach! Diese Frau Tanner hat gesagt, es sei wichtig. Sie hat sich daran erinnert, dass bei der Beerdigung ihres Schwagers eine Frau ein Geschenk mit einem roten Band ins offene Grab gelegt hat."

Opa gefriert das Blut in den Adern.

„Schmeckt es dir nicht mehr?" Oma entgeht diese plötzliche Gesichtsveränderung von Opa nicht.

„Doch, ... doch, erzähl weiter." Er versucht Haltung zu bewahren.

Oma: „Ich war damals auf seiner Beerdigung. Ich lernte den Schwager dieser Frau Tanner während meines Welschlandjahres kennen. Damals war sie natürlich noch nicht die Frau seines Bruders. Er war als Gemüsebauer auf einem Gutsbetrieb angestellt. Damals gingen wir am Wochenende ab und zu tanzen."

„Muss ich jetzt noch eifersüchtig werden?", scherzt Opa dazwischen.

„Ach du. Wir waren eine ganze Truppe. Alles Ostschweizer hier aus der Gegend. Das war eine unbeschwerte Zeit." Omas Augen wandern zur Küchendecke.

Opa holt sie wieder in die Gegenwart zurück: „Wie kommt denn diese Frau Tanner dazu, dich anzurufen?"

„Damals, bei der Beerdigung, ging diese Frau Tanner während des Gangs vom Friedhof zur Kirche zu Adelheid, ohne zu wissen, wer sie war, und fragte sie nach dem Inhalt dieses Päckchens. Ich spazierte neben irgendjemand anderem. Ich weiß nicht, was die beiden geredet haben. Ich ging davon aus, dass es sich um alte Liebesbriefe gehandelt hatte. Adelheid bewahrt ja alles auf. Ich habe sie nie gefragt, woher sie den Mann kannte und sie mich auch nicht. Wir trafen uns auf der Beerdigung rein zufällig. Ich habe dem keine weitere Beachtung geschenkt."

„Wie kommt denn Frau Tanner da …"

„Ach Opa!", entsetzt sich Oma.

Opa kommt der Brief in den Sinn, der aus der Wolldecke fiel. *Geheimnisse sind tödlich.* Galt das Oma? Behutsam versucht er Oma zum Weiterreden zu bewegen. „So schlimm kann es doch nicht sein, dass du es MIR nicht erzählen kannst, Oma. Oder?"

Oma atmet tief durch: „Diese Frau Tanner las in der Zeitung, dass auf unserer Polizeiwache ein ominöses Paket abgegeben worden sei, und da kam ihr diese Geschichte wieder in den Sinn, als wäre die Bestattung ihres Schwagers erst gestern gewesen. Sie rief bei der Polizei an, obwohl ihr Mann sie davon abhalten wollte. Er fand schon damals, dass sie aus einer Mücke einen Elefanten mache, weil sie das als Unverschämtheit empfunden hatte, dass sich eine fremde Frau derart merkwürdig auf dem Friedhof benimmt. Aber sie konnte nicht davon ablassen. Sie fragte bei der Polizei nach, wie das anonyme Paket im Detail aussieht."

„Und? Sah es gleich aus?"

„Angeblich ähnlich. Dann wurde sie von der Kriminalpolizei verhört. Dabei erzählte sie die Geschichte von dieser Beerdigung ihres Schwagers und beschrieb das Päckchen, das *eine fremde Frau* ins Grab gelegt hatte." Schweigen.

„Ich verstehe immer noch nicht, wie diese Frau Tanner auf dich kommt?"

Oma steht das Unwohlsein ins Gesicht geschrieben. Sie sucht nach Worten. Opa fühlt, wie sie sich um etwas herum windet.

Zögerlich fährt sie fort: „Sie hat mir am Telefon gesagt, sie habe nach dem Verhör eine alte Kartonschachtel mit Fotos vom Speicher geholt. Dabei entdeckte sie eine Aufnahme von unserer Tanztruppe aus dem Welschland. Sie hat mich wiedererkannt. Ihr Mann ebenfalls. Er wusste noch, wie ich hieß, und dass ich dich geheiratet habe. Sein verstorbener Bruder, übrigens ein blonder Schönling, hatte damals ein Auge auf mich geworfen und zu Hause von mir geschwärmt."

„Wusste ich es doch! Jetzt muss ich auf meine alten Tage doch noch eifersüchtig werden", versucht Opa die leicht gespannte Stimmung zu lockern, aber es gelingt ihm nicht. Er sieht, dass sich Oma quält. Er weiß nur nicht genau, wieso.

„Ach was", gibt Oma ihm mit einer abwiegelnden Handbewegung zu verstehen. „Ich habe es nicht einmal bemerkt. Auf jeden Fall konnte er sich an den Namen erinnern und sie fand uns im Telefonbuch."

„Ja, und?", hakt Opa nach.

Oma zögert. „Ich ..., ich habe gesagt, ich könne mich nicht mehr daran erinnern."

„Oma, was ist los!", fordert er sie in einem forscheren Ton heraus.

Oma leicht genervt: „Ich konnte es nicht. Adelheid tut mir leid."

Opa versteht die Welt nicht mehr. „Wie, sie tut dir leid?"

Oma: „Ich weiß nicht, wie Adelheid zu diesem Mann gestanden hat. Stell dir vor, die Polizei will das Grab des Schwagers öffnen, hat mir diese Frau Tanner noch gesagt." Stille.

Nachdenklich fügt Oma hinzu: „In der Zeitung stand doch, dass ein Körperteil im Paket war. Ich meine ..., ich denke ..., ach, ich weiß es doch auch nicht. Wer kommt denn auf so eine absurde Idee, dass jemand bei einer Bestattung so etwas macht. Ein Körperteil von einem anderen Menschen in Geschenkpapier wickeln und in ein fremdes Grab legen. Nein, Opa! Das geht doch zu weit, meinst du nicht auch?"

„Ich kann es mir auch nicht vorstellen. Aber die Polizei muss das wahrscheinlich untersuchen."

Betretenes Schweigen. Keiner weiß, was der andere denkt. Beide plagen Schuldgefühle.

Opa kann das kaum ertragen. „Willst du mir noch etwas erzählen?"

Oma legt das Besteck auf den Teller, obwohl sie nicht fertig ist mit dem Essen. Ein schwerer Seufzer. Stille. Sie stützt die

Ellbogen auf den Tisch, faltet die Hände wie zum Gebet vor ihrer Stirn und senkt den Blick.

Was geht jetzt ab?, schießt es Opa durch den Kopf. Er überlegt. Nur jetzt kein falsches Wort. „Hermine?"

Oma zuckt zusammen. Opa spricht sie nur mit Vornamen an, wenn er es bitterernst meint. Sie öffnet die Hände und streicht sich mit den Handflächen über das Gesicht. Dann faltet sie die Hände wieder und stützt ihr Kinn darauf ab. Mit einem Bernhardinerhundeblick schaut sie Wenzel direkt in die Augen und bohrt sich in sein Herz. Opa Wenzel sitzt ihr ausgeliefert gegenüber.

„Kann man solche alten Geschichten nicht einmal ruhen lassen?"

„Oma", versucht er die Situation zu entschärfen, „erzähl es einfach, dann geht es dir besser."

Ohne sich einen Millimeter zu bewegen, beginnt Oma mit einer monotonen Stimme, die nicht ihr zu gehören scheint, zu erzählen:

„Als Hans und Hedna jung verheiratet waren, musste Hans noch zwei oder drei Aktivdienste leisten. Die Eltern von Hans und Adelheid hatten doch den tödlichen Unfall. Hedna konnte den Hof zusammen mit Adelheid nicht alleine bewirtschaften. Sie hatten damals einen jungen Burschen von der landwirtschaftlichen Schule, der ihnen half. Du erinnerst dich doch." Opa nickt. Oma fährt erklärend fort: „So haben es viele Bauern gemacht. Das war üblich. Dieser junge Mann hatte strohblondes Haar. Er gefiel Adelheid. Sie hatte bestimmt keinen zukünftigen Bauern in ihm gesehen. Sie hatte auch nie etwas von einer Bäuerin. Ich hatte oft das Gefühl, sie gehöre nicht auf einen Bauernhof. Sie, mit ihrer beschwingten Leichtigkeit. Sie passte nicht hierher. Und dann kam dieser hübsche, blonde Mann. Sie hat sich vielleicht in ihn verliebt, wer weiß? Aber ein junger Mann aus der Landwirtschaftsschule sucht eher eine tüchtige Bäuerin und weniger ein zartes Wesen. Und Hedna war eine fesche und fleißige Frau."

„Weichst du ab, Oma?", fragt Opa.

Oma findet nicht den richtigen Faden. Sie runzelt die Stirn. „Der Schwager von Frau Tanner, also meine Welschlandbekanntschaft, hatte große Ähnlichkeit mit dem Aushilfsknecht. Ich wollte einfach nicht, dass Adelheid an diese Geschichte erinnert wird."

„Aber so schlimm kann das doch nicht sein", meint Opa leicht enttäuscht. Er hat etwas Gewaltigeres erwartet, obwohl er nicht weiß, was.

„Für Hedna und Hans ist das auch unangenehm."

„Wieso das denn?", entfährt es Opa.

„Du hast erzählt, dass Hedna ein Geschenk zur Post brachte für Ursulas Geburtstag?"

„Ja und?"

Oma zögert. „Na ja, ich habe zufällig einmal ein Gespräch mitgehört zwischen Hedna und Adelheid. Die beiden gingen oft nicht zimperlich miteinander um. Vor allem Hedna nicht mit Adelheid. Nun, Adelheid hat Hedna vorgeworfen, dass sie wisse, dass Hans zeugungsunfähig sei."

„Was? Weißt du, was du da sagst?"

„Ja."

„Dann ist Hans nicht der Vater von Ursula?"

„Ja."

„Wer dann?"

„Das weiß ich nicht. Aber wenn Ursula dreißig wird, kommt das zeitlich hin, als Hans noch Militärdienst machen musste."

„Ja, aber Hans ist doch kein Dummkopf! Wie hat er denn auf das Kuckucksei reagiert? Wieso habe ich von allem nichts mitbekommen?"

„Was weiß ich. Ich glaube nicht, dass es angebracht ist, ihn danach zu fragen. Damals nicht und heute auch nicht. Außerdem kennst du Hans gut genug. Er ist eine gutmütige Seele und ein Kindernarr. Vielleicht hat er es hingenommen und war froh, dass Hedna bei ihm blieb und nicht mit einem anderen durchgebrannt ist." Oma wirkt gelöster.

Opa forscht nach. „Weiß Adelheid, wer der Vater ist?"

„Gut möglich. Sie hat für Ursula alles getan, das weißt du."

„Denkst du, dass da ein Zusammenhang besteht?"

Oma zuckt mit den Schultern.

Opa gibt noch nicht auf. „Meinst du wirklich, Adelheid schmerzt die Erinnerung so stark?"

Oma wird ernster. Fast ärgerlich antwortet sie: „Ich kenne diese Frau Tanner nicht. Und Adelheid wird immer sonderbarer. Wieso sollte ich ihr nicht etwas ersparen, wenn ich kann."

Opa spürt, dass Oma ihm etwas verheimlicht. Aber er kommt nicht darauf, was. Wie kann er sie aus der Reserve locken, ohne dass der Haussegen in Schieflage gerät? Er fasst zusammen: „Also, du hast gesagt, Frau Tanner hat bestätigt, dass das Paket ähnlich ausgesehen hat, welches Adelheid damals ins Grab ihres Schwagers legte und das, welches die Polizei hat. Was hast du damals geglaubt, was darin war?"

Oma seufzt: „Liebesbriefe. Opa, ich habe an Liebesbriefe gedacht. Und dass nicht jeder sehen konnte, dass es ein Bündel Briefe ist, hat Adelheid sie in Geschenkpapier eingewickelt. Ich denke das heute noch."

Die Stimme von Oma hört sich bestimmt und ehrlich an. In Opa schwindet jeder Zweifel, dass Oma eine Ahnung hat von der Tiefkühltruhe in Adelheids Wohnung. Trotzdem macht sie einen gequälten Eindruck auf ihn. Beschwichtigend sagt er: „Das wird sich sicher bald aufklären, wenn die Polizei das Grab öffnet."

Oma fährt zusammen.

„Ich meine, die Briefe sind längst vermodert und die Polizei findet nichts", beruhigt Opa sie.

Oma steht vom Tisch auf. Ihr ist der Appetit vergangen. Opa schmeckt das kalte Essen auch nicht mehr, und noch weniger schmeckt ihm das, was er vermutet. Stillschweigend räumt sie die Küche auf. Opa geht nach draußen und stopft sich eine Pfeife. Ungewöhnlich mildes Wetter heute, denkt er. Dann betrachtet er den Bauernhof. Alles scheint ihm anders zu sein, und doch sieht alles gleich aus. Jetzt fällt ihm auf, dass er Oma nicht gefragt hat, wo diese Beerdigung war. Obwohl, was soll ihm das bringen? Seine Gedanken überschlagen sich. Soll er weiter nachforschen? Wenn er sich damit nur nicht selbst in Teufels Küche bringt. Der Polizei kann er keinen Hinweis geben. Wenn das herauskommt, dann …, ja, was dann? Sollte er als ehrlicher Bürger nicht dazu verpflichtet sein? Was haben die Kinder noch gesagt? Die ganze Kühltruhe ist voller Päckchen. Zusammengenommen könnte das eine Leiche ergeben. Wer könnte das sein? In der Zeitung stand, es handle sich um einen Mann. Ist das ...?

„Du kannst den Staubsauger jetzt haben." Opa zuckt zusammen. Oma steht direkt neben ihm. Er hat sie nicht kommen hören. Hat sie ihn beobachtet? Ahnt sie, dass er ein viel schrecklicheres Geheimnis mit sich herumschleppt als sie? *Geheimnisse sind tödlich*, schießt es ihm wieder in den Sinn.

„Danke." Er klopft die Pfeife aus und holt den Sauger. Gedankenlos reinigt er den Wagen zu Ende. Dann stellt er ihn zurück in die Garage. Draußen wird es kühler. Er geht in die Werkstatt und macht Feuer im kleinen Ofen. Er setzt sich auf einen Holzstrunk und lässt seinen Blick durch seine geliebte Werkstatt schweifen. Augenblicklich zieht die alte Schraubenschachtel seinen Blick an. Ob darunter noch Spuren festzustellen sind? Wer hätte eine solche Tat verüben können? Etwa Hans? Oder Hans und Magda? Fast dreißig Jahre, in einer Tiefkühltruhe, in der Stube! „Nein!", ruft er aus.

„Was ist los?", fragt Oma aus der Küche.

Opa schießt auf. Ihm wird schlecht. „Nichts, ich habe einen dummen Gedanken gehabt."

„Was für einen?"

Wieso musste ihm dieses Nein so laut herausrutschen?, schilt er sich selbst. „Ob es geschickt wäre, wenn man, na ja, wenn man wüsste, wie gut Mag..., äh Adelheid, diesen Mann ge..."

„Jetzt hör auf. Ich mag das nicht. Lassen wir es gut sein." Abrupt schließt Oma unüberhörbar die Küchentür. Opa wünscht sich, dass er doch mal so schlau gewesen wäre und eine Flasche „Fritzi" in der Werkstatt versteckt hätte. Jetzt könnte er einen kräftigen Schluck gebrauchen.

Die heftige Reaktion von Oma trifft ihn befremdlich. Ist da noch mehr? Jetzt steht er da. Wie weiter? Er sieht die Lücke unter der Werkbank, die entstand, weil er die Wolldecke hervorgezogen und damit die Räbenlichter seiner Enkelkinder eingepackt hat. Wenn die Kinder noch hier wären, könnte er mit ihnen etwas unternehmen. Das würde ihn ablenken. Dann wären er und Oma nicht so aneinandergeraten. Auseinandersetzungen mag er gar nicht.

20. KAPITEL

Er geht zu dieser Lücke und kramt alles hervor, das er erwischen kann. Vielleicht ist es einfach Zeit, hier mal Ordnung zu schaffen. Sein Arm ist zu kurz. Hinter seiner eigenen Werkbank steht die alte von seinem Onkel. Als er das Haus von ihm übernahm, brachte Wenzel es nicht übers Herz, das alte Ding auseinanderzunehmen und zu verbrennen. Weil er immer alles vorne hinschob, rückte alles nach hinten. Er nimmt den Besen, dreht ihn um und zieht mit dem Stiel alles nach vorn, was sich angesammelt hat. Plötzlich bleibt er mit dem Besenstiel hängen. Nanu? Was ist das denn? Opa duckt sich. Zu wenig Licht. Er nimmt die Taschenlampe und leuchtet nach hinten. Mit der anderen Hand klopft er mit dem Besenstiel dagegen. Es hört sich nach Metall an. Er legt die Taschenlampe wie einen Leuchtspot auf das Regal. Mit beiden Händen packt er den Besen und versucht, diese Metallkiste zu bewegen. Geht nicht. Er prüft, ob sie irgendwie eingeklemmt ist. Er kann nichts finden. Die müsste dann ja festgeschraubt sein oder angeklebt, sinniert er. Er kratzt mit dem Stiel an der Front. Vielleicht kann er einen Schriftzug oder ein Logo erkennen. Es gibt nur schmierige Striche. Da muss sich Fett mit Staub vermischt haben, folgert er. Mit einer Handvoll Putzfäden kriecht er bäuchlings nach hinten. Es ist eine Metallkiste. Gerade mal zwanzig Zentimeter hoch, etwa ebenso tief, aber sicher über einen Meter lang. Mühsam wischt er mit den Putzfäden an der Kiste herum. Sie bewegt sich keinen Millimeter. Neben den beiden Klappschlössern vorne verschließt noch ein Lederriemen mit einer Schnalle die Schachtel. Er reibt an der Schnalle. Das ist eine Gürtelschnalle. Das ist ein Männergurt. So einen auffallenden Gürtel hatte er nie. Der Gurt kann nicht alt sein. Irritiert wischt er weiter an der Metallkiste. Widerwillig gibt der Schmutz grüne und gelbe Farbe preis. Als gelernter Schriftsetzer fällt es Opa nicht schwer, aus Bruchstücken von Buchstaben ein Wort herauszulesen: *John Deere* entziffert er den Schriftzug. Für Opa ergibt das keinen Sinn. *John Deere* ist eine Traktorenmarke, das ist ein Begriff für ihn. Aber wie weiter? Mit erheblich mehr Anstrengung kriecht er rückwärts unter der Bank hervor. Die verdreckten Putzfäden wirft er in den Ofen. Die Flammen flackern sofort auf. Was hat eine Landmaschinenkiste, noch dazu eine amerikanische Marke, in seiner Werkstatt verloren? Sein Onkel hatte hier auf dem kleinen Hof schon keine Existenz mehr. Auf diesem Fleck wurde schon fast hundert Jahre lang keine Landwirtschaft mehr betrieben. Und wer zum Teufel hatte schon *John Deere*? Hürlimann, Bucher, Bührer und wie sie alle heißen. Er geht in die Hocke und leuchtet mit der Taschenlampe auf die Kiste. Wie bekommt er sie hervor? Und was ist darin? Er knipst die Lampe aus. Er sieht die Unordnung auf dem Boden mit all dem unnützen Zeug, das er hervorgekramt hat. Er muss unbedingt Ordnung schaffen, bevor Oma kommt. Sofort beginnt er die Sachen in brauchbar und unbrauchbar zu sortieren. Dann unbrauchbar in brennbar und unbrennbar. Wie früher die Bleibuchstaben im Setzkasten entsteht ein Muster auf dem Werkstattboden. Ordnung schaffen hat ihm stets geholfen, seine Gedanken zu sortieren und hat ihm manche frische Idee beschert.

Von ihm oder von seinem Onkel ist die Schachtel nicht. Er hat mit Oma das Haus mit Scheune und Stall vor etwa vierzig Jahren übernommen. Weggefahren sind sie nie groß. Auch mit ihren beiden Kindern sind sie höchstens mal drei, vier Tage weggefahren. Den Schlüssel für die Scheune haben sie immer an der gleichen Stelle hinterlegt. Alle Nachbarn wussten Bescheid. So wie sie auch von allen Nachbarn Bescheid wussten. Also früher. Heute riegelt jeder alles ab. Die Metallkiste ist so stark verschmutzt, dass sie schon viele Jahre dort gestanden haben muss. Aber die Farbe darunter sieht unbeschädigt aus. Wie und wann kam die Kiste dahin? Was wollen ihm diese Gedankengänge sagen? Er weiß es nicht. Er nimmt die brauchbaren Sachen und schiebt sie vor die Kiste. Wie in Trance weist er den anderen Stapeln einen neuen Platz zu. Zeit für eine Pfeife. Nachdenklich stopft er die Pfeife im Lederbeutel mit dem Tabak. Viel ist nicht mehr darin. Er dreht sich um und schaut im kleinen Schrank an der Wand nach, ob er noch welchen hat. Kein blauer Beutel zu sehen. Er fühlt mit der flachen Hand nach. Vielleicht ist ja eine Packung nach hinten gerutscht. Nichts. Eine Reservepackung ist bestimmt noch in der Schublade im Küchenbuffet. Nächste Woche will er für Nachschub sorgen. Während er den milden, süßlichen Geschmack genießt, starrt er auf die beiden Werkbänke. Einmal hat er seine nach vorn gezogen. Hans hat ihm dabei geholfen. Das war, als ihm eine Dose Schmierfett umgekippt ist. Es war ein heißer Sommer. Sonst wäre das Fett nicht hinuntergelaufen. Aber dieser Sommer brachte alles zum Schmelzen. Oma hat sich noch darüber aufgeregt, weil es dumm sei, in dieser Hitze eine anstrengende Arbeit zu verrichten. Aber er wollte unbedingt seine Werkbank sauber haben. Hans musste heuen. Sie kamen erst ein paar Tage später dazu, die Bank zurückzuschieben. Die alte Werkbank vom Onkel war immer schon dunkelbraun und etwas schmierig. Die ließ er so. War diese *John-Deere*-Kiste damals schon da?

„Wo steckst du denn?" Opa schreckt auf. Oma steht neben ihm.

„Ich habe nur etwas Ordnung gemacht. Ach ja, hier habe ich keinen Tabak mehr."

„Es hat bestimmt in der Küche noch. Fürs Wochenende wird das schon noch reichen, meinst du nicht?"

„Ja sicher, Oma."

„Es ist schon fünf Uhr durch. Hast du das Feierabendläuten der Kirchenglocken nicht gehört?"

„Was? Schon so spät?" Sein Magen knurrt. Er schaut an sich herunter und meint: „Mein Magen muss lauter gewesen sein als die Glocken." Beide schmunzeln. Er scheint Oma beruhigt zu haben, dass sie nicht mehr an den Mittagsdisput denkt.

„Der Tisch ist gedeckt", sagt sie, „und der Rest Rotwein von gestern passt auch dazu." Opa klopft die Pfeife aus und folgt ihr. Er wundert sich, dass sie nicht als Erstes den Tabakbeutel aus der Schublade holt und auf die Ablage legt. Sie ist seinem Laster gegenüber sehr aufgeschlossen, weil sie ihm gerne zusieht, wenn er in sich gekehrt raucht, wie sie es ausdrückt. Heute nicht. Sie geht direkt zum Herd, nimmt zwei gehäkelte Topflappen, öffnet den Backofen und zieht einen Käsenudelauflauf heraus. Es riecht fantastisch. Opa zieht den Duft hörbar tief ein: „Ein Festschmaus hast du da gezaubert", lobt er sie.

„Charmeur."

Schweigend essen sie. Nach dem nicht aufgegessenen Mittagsmal haben sie ordentlich Appetit bekommen. Opa verteilt die letzten Tropfen aus der Weinflasche. Er betrachtet das Etikett. Er muss den Arm ganz ausstrecken, damit er das Aufgedruckte ohne Brille lesen kann.

„Ist mir gestern Abend gar nicht aufgefallen. Von wem ist die Flasche?"

Oma schluckt den Bissen in ihrem Mund hinunter: „Haben wir den nicht mal geschenkt bekommen?"

„Mhm, von wem?" Opa hält den Kopf noch weiter zurück. „Einen kalifornischen?"

„Der wird von Emma sein!", wendet Oma stürmisch ein, „für das Blumengießen, als sie im Spital war. Die sieht doch nicht mehr, was sie kauft. Hauptsache, die Flasche hat ein schönes Etikett."

Opa weiß genau, dass das nicht stimmt. Aber für heute hat er genug Unstimmigkeiten und offene Fragen gehabt. Unwahrheiten braucht er jetzt nicht auch noch. Nicht nach diesem feinen Auflauf.

„Ja, das kann gut sein", lässt er Oma im Glauben, dass er auch das geschluckt hat, was sie ihm in Worten aufgetischt hat. Der Jahrgang des Weines verrät ihm, dass das mit dem Spitalaufenthalt nicht hinkommen kann. Aber das Etikett mit dem goldenen Schriftzug kommt ihm bekannt vor. Aus seiner beruflichen Zeit empfindet er immer noch eine tiefe Leidenschaft für exzellente Letter. Er wird schon noch darauf kommen, wo er diese schon mal gesehen hat. Er hilft Oma die Küche aufzuräumen.

„Genehmigen wir uns noch ein Schlückchen vor dem Radio? Heute kommt die Übertragung des klassischen Konzertes aus Wien. Oder schauen wir uns das Ratespiel im Fernsehen an?"

„Ich bin ja jetzt schon leicht beschwipst", wehrt sich Oma.

„Das hört sich nicht überzeugend an", kontert Opa und holt den Eierlikör und den „Fritzi" aus dem Buffet. Zusammen mit zwei Schnapsgläsern stellt er sie auf den Salontisch. Ohne eine Antwort von Oma schaltet er den Schwarz-Weiß-Fernseher ein. Andere haben einen Farbfernseher. Der tut es noch, ist seine Devise, solange er läuft, behält er ihn, dann sehen wir weiter. Er schenkt ein. So kann Oma nicht Nein sagen. Beiden setzen die Prozente zu, und so gehen sie nach der Sendung zu Bett.

21. KAPITEL

Das Wetter macht dem Sonntagmorgen alle Ehre. Es gießt in Strömen. Oma macht sich bereit für die Kirche. Opa hält nichts von dieser Frömmelei. Er werkelt lieber etwas herum. Heute macht er es sich in der Werkstatt gemütlich. Als Oma zur Kirche geht, feuert er den kleinen Ofen an. Etwas fehlt. Tabak. Er geht in die Küche und ist erstaunt, dass Oma den dunkelblauen Tabakbeutel nicht rausgelegt hat. Er öffnet die Schublade nur zehn Zentimeter. Da liegt er ja. Ganz vorne. Er braucht die Schublade gar nicht weiter zu öffnen. Trotzdem zieht er sie ganz heraus. Mit den Fingern streift er durch den Krimskrams. Gesammelte Postkarten in einer Ecke. Ein paar Knöpfe in einer kleinen Schale, in einer Dose Reißnägel, Sicherheitsnadeln und Stecknadeln, eine Dose Handcrème, ein Kamm, eine Haarbürste, eine Schere. Nichts Verdächtiges. Er nimmt die Postkarten heraus, dreht sie um und fächert sie durch. Die Briefmarken sieht er sich immer gerne an. Eine Karte hat keine Marke. Er zieht sie heraus. Mit einer schwungvollen Handschrift steht da: *Zur Erinnerung an „HH"*. Er wendet die Karte. Eine Luftaufnahme eines Landwirtschaftsbetriebes mit viel Land. Er dreht die Karte wieder um. Kein Aufdruck. Das muss ein Foto sein! Opa legt die anderen Karten in zwei Stapeln auf die Buffetablage, sodass er das Foto wieder an den richtigen Ort zurücklegen kann. Er eilt in die Stube. Irgendwo in einer Schublade vom Sekretär muss eine Lupe sein. Oma hat den Sekretär von ihrem Vater geerbt und auffrischen lassen. Alle Utensilien hat sie danach wieder an die gleichen Stellen zurückgelegt, zur Erinnerung an ihn. Das ist *ihr Schmuckstück*. Ihr Vater war leidenschaftlicher Briefmarkensammler, deshalb muss eine Lupe in einer der vielen Schubladen sein. Hastig zieht er eine nach der anderen auf und schiebt sie wieder zu, und jedes Türchen wird geöffnet und geschlossen. Rechts oben wird er fündig. Er stellt sich vor ein Fenster, damit er mehr Licht hat. Millimeter für Millimeter sucht er das Foto ab. Eine Person auf einem Traktor ist zu sehen. Es sieht aus, als wäre die Wiese frisch gemäht.

Dann muss das ein Heuwender sein, der angehängt ist. Opa sucht nach einem Schriftzug auf dem Traktor. Oder ob er die Farben deuten kann. Aber die Aufnahme ist unscharf. Er muss sich zurückhalten, dass er nicht etwas hineininterpretiert, das nicht da ist. Er dreht die Karte wieder auf die Schriftseite. HH in Anführungszeichen. Wer könnte das sein? Die Schrift? Sie sieht fein geschwungen aus. Schreibt so ein Mann? Nur wenn er Absichten verfolgt, denkt Opa. Es ist kein Datum zu finden. Das Foto hat sich im Dunkeln der Schublade gut gehalten. Es ist nur leicht vergilbt. Er kann die Aufnahme nicht einschätzen. Auch die Gegend ist ihm unbekannt. Die Kirchenglocken läuten den Gottesdienst aus. Das war aber eine kurze Predigt, geht es ihm durch den Kopf. Er legt die Lupe zurück, schließt die Schublade, eilt in die Küche, legt das Foto auf den Stapel und platziert das Bündel in der Ecke. Soll er den Tabak mitnehmen? Er entschließt sich anders. Er lässt den Beutel liegen. Was verheimlicht ihm Oma noch alles? Es wurmt ihn. Ein hinterhältiges Gefühl beschleicht ihn. In der Werkstatt kratzt er den Rest Tabak aus dem Lederbeutel und stopft sich eine halbe Pfeife. Er legt ein paar alte Jutesäcke auf seine Werkbank und klettert darauf. Auf den Knien wartet er, bis er die Schritte von Oma auf dem Hausplatz hört. Dann legt er die Pfeife beiseite, beugt sich nach vorne und kratzt mit einem Schraubenzieher an der Werkbankkante seines Onkels. Oma tritt ein.

„Nanu? Was machst du denn da?", fragt sie ganz entgeistert.

„Ich habe mir gedacht, ob es nicht reizvoll wäre, die Werkbank vom Onkel zu restaurieren."

„Wie bitte?" Oma ist schockiert. Keine Predigt kann so himmlisch sein, dass sie nach diesen Worten nicht sofort auf dem Boden der Tatsachen steht.

Opa antwortet kühl und berechnend: „Das ist doch wirklich ein schönes Stück." Oma lässt ihre Handtasche fallen. Opa schiebt seinen Körper zurück und sitzt auf seinen Fersen. „Was ist los? Hast du eine Kreislaufschwäche? Warte, ich komme." So erschrecken wollte er sie nicht.

„Nein, nein, es geht schon." Sie duckt sich blitzschnell und hebt die Tasche auf. Jetzt setzt er noch eins drauf. Er nimmt demonstrativ einen Zug aus der Pfeife, späht unschuldig hinein und meint: „Der ist mir jetzt auch ausgegangen."

Oma fängt sich. In einem sonderbaren Ton sagt sie: „Ich hole dir den aus der Küche." Sie geht schnell hinein und kommt mit dem Tabak zurück.

„Was willst du denn mit einer zweiten Werkbank? All die Jahre hat dir doch eine auch genügt?"

Opa ist sich sicher: Sie verheimlicht ihm noch etwas. „Ich dachte, das wäre eine schöne Aufgabe. Vielleicht könnte ich sie verkaufen?" Er spürt, wie sie in Bedrängnis gerät. Er kraxelt von der Werkbank herunter und wischt sich die Hosenbeine ab. „Überhaupt könnte der Werkstatt ein Frühlingsputz guttun", schließt er ab. Es ist ihm nicht ganz wohl dabei, dass er so fies mit seiner Frau umgeht. Eine Mischung aus Gekränktheit und Neugier stehen über jeder Loyalität.

Oma wirft ihm einen eigenartigen Blick zu. „Ich zieh mich mal um und richte das Mittagessen."

„Gute Idee." Er klopft die Pfeife aus und packt den frischen Tabak in seinen Lederbeutel um. Die Verpackung ist aus Plastik und fliegt auf den Haufen mit den unbrauchbaren, unverbrennbaren Dingen. Krriinngg! Das Telefon reißt ihn aus seinem Argwohn. Krriinngg!

„Ich geh' ran", ruft er und hebt den Hörer ab. „Junker?" Er beginnt zu lachen. „Das ist schön." Stille. „Ich richte es aus." Stille. „Wünsche ich euch auch." Stille. „Und anderes Wetter." Stille. „Du auch, tschau, tschüss."

„Wer war es?" Omas Stimme wirkt angespannt.

„Unsere Lieben aus dem Jura. Dasselbe Wetter und alle quickfidel. Sie wünschen uns einen schönen Sonntag."

„Das ist schön." Oma beginnt Gemüse und Salat zuzubereiten.

„Soll ich dir helfen?"

„Nein, nein, geht schon. Ich bin ja früh dran."

„Wenn du meinst."

Opa geht in die Stube und grübelt nach. Plötzlich kommt ihm Peter in den Sinn. Wie es ihm wohl ergeht? Ob er sich über sein Geschwisterchen freut? Bei diesem Gedanken fallen ihm wieder Ursula und ihr Vater und tausend Fragen dazu ein:

Könnte der Vater von Ursula wirklich dieser Aushilfsknecht sein? Wie kommt Hans damit klar? Woher kommt die verschlossene Metallkiste mit dem *John Deere*-Schriftzug? Was ist darin? Wo hat er das Weinetikett mit dem markanten goldenen Schriftzug schon einmal gesehen? Von wem stammt die Luftaufnahme? Wer ist „*HH*"? Er schüttelt sich. Fragen über Fragen. Wo soll er nach Antworten suchen? Ist es ein guter Weg, Oma herauszufordern? Sie verschweigt ihm einiges, das spürt er. Und er? Was verschweigt er ihr? Eigentlich nur das mit dem Päckchen, rechtfertigt er sich vor sich selbst. Krampfhaft sucht er nach einem Anhaltspunkt. Auf welche Frage würde er am leichtesten eine Antwort finden? Das Weinetikett. Oma hat blitzschnell geantwortet, die Flasche sei von Emma. Der Jahrgang war 19...

„Kannst du mir mal helfen, Opa?", schreckt Oma ihn aus der Küche rufend aus seinen Gedankengängen.

„Ja", seufzt er.

„Ich bekomme die Fritteusepfanne nicht hoch. Sie klebt irgendwie fest."

Genau, denkt Opa, die Metallkiste ist auch fettig und könnte festkleben. Er geht in die Küche. Es ist eine gusseiserne Pfanne mit einem Siebeinsatz und steht im Pfannenregal ganz hinten. Mit einem kräftigen Ruck löst sie sich.

„Am Sonntag gibt's Pommes frites, das haben wir schon lange nicht mehr gehabt", freut er sich.

„Ja, und ich habe auch Lust darauf. Die passen zu dem Fleisch, das wir gestern eingekauft haben, meinst du nicht auch?"

„Oh ja", stöhnt er und hebt die Pfanne auf den Herd.

„Gib mir mal einen feuchten Lappen. Auf dem Gestell klebt etwas. Warte! Besser ich wische die Pfanne gründlich sauber, sonst fängt sie noch Feuer."

„Wie kann das sein? Du stellst doch nie eine schmutzige Pfanne in den Schrank", wundert sich Opa. „Hast du sie nicht mal Adelheid ausgeliehen?"

„Ah, ja", zögert Oma, „Adelheid wollte sie für Kroketten, weil ...", Oma redet nicht weiter.

„Stimmt, ich habe sie ihr hochgetragen. Hatte sie nicht Besuch?"

Oma kontert sofort: „Das weiß ich nicht mehr."

„Aber Oma, du hast doch sonst ein gutes Gedächtnis. Wann war das? So vor einem halben Jahr? Aber Adelheid ist doch immer so korrekt und pingelig, was Sauberkeit anbetrifft. Wie kam die Fritteuse so schmutzig in unser Pfannenregal?"

Opa hebt die Pfanne an und streicht mit dem Zeigefinger den Boden ab. „Riecht nach ... Harz?"

Oma reagiert nicht.

„Schau." Er hält ihr seinen Finger unter die Nase. „Das ist Harz", sagt er mit Bestimmtheit.

„Ich weiß nicht, wie das kommt", entgegnet sie verwirrt. „Will mir da jemand einen Schrecken einjagen?", entfährt es ihr.

Was soll diese Aussage?, schießt es Opa durch Mark und Bein. Nur kein falsches Wort, denkt er. Wie wenn er es nicht gehört hätte, fragt er: „Wer hat die Pfanne denn zurückgebracht?"

Oma wird verlegen. Hat er die falsche Frage gestellt? Oma wechselt ihre Mimik auf vergesslich. „Ich weiß es nicht mehr. Vielleicht Hans." Sie dreht sich von ihm weg.

Opa überzeugt das nicht. Trotzdem beschließt er, vorerst einzulenken. „Ich hole jetzt eine Handvoll Putzfäden aus der Werkstatt, dann habe ich noch ein altes Hausmittel vom Onkel. Damit sollte ich das Harz wegkriegen", lenkt er ein.

Ohne ein weiteres Wort zu wechseln, macht er, was er gesagt hat. Dann stellt er die Fritteuse auf den Herd. Oma atmet erleichtert auf. Sie wäscht die Pfanne nochmals gründlich aus. In der Zwischenzeit wischt Opa das Tablar sauber.

„Schau her, Oma, wie neu."

Sie bückt sich und fährt mit dem Zeigefinger prüfend über das Tablar. „Danke, Wenzel. Aber das Zeug stinkt."

„Das verflüchtigt sich schnell."

Er geht in die Werkstatt und wirft einen Teil der durchtränkten Putzfäden in den Ofen. Das bisschen Glut schlägt sofort in eine Flamme aus und verschlingt sie. Das andere Bündel wickelt er in eine alte Zeitung ein und versteckt es in einer Nagelschachtel. Wenn die Metallkiste da unten mit demselben Harz festgeklebt ist, könnte er sie auch damit lösen, denkt er sich. Er müsste aber mehr davon haben. Tabak benötigt er auch, das geht auf. Er reibt sich die Hände, geht in die Küche und wäscht sie gründlich mit einem Scheuermittel für den Fußboden.

„Nimm etwas Handcrème, Opa, in dieser Jahreszeit dieses scharfe Zeug, das greift die Haut an", weist ihn Oma an.

Opa gehorcht. Unweigerlich zieht er die Schublade so weit heraus, dass er die alten Postkarten sieht. Das Foto. Nein, er hält sich zurück. Brav nimmt er die Crème, legt sie zurück und schließt die Schublade.

„Es dauert noch eine Weile, bis das Essen fertig ist."

Opa nickt und geht in die Stube. Er schaltet das Radio ein. Es interessiert ihn nicht, was gesendet wird. Adelheid und Besuch, für den sie kocht – aufwendig kocht. Noch mehr Ungereimtheiten. Er weiß kaum noch, woran er denken soll, ohne dass es ihm noch mehr Rätsel aufgibt.

„Seit wann hörst du dir einen Gottesdienst im Radio an?", weckt ihn Oma aus seinen Träumen.

„Ich habe nur dem Orgelspiel zugehört."

Opa hievt sich von der Couch. Er nimmt an, dass das Mittagessen fertig ist. Er geht in den Keller und holt eine Flasche Wein. Wie üblich am Sonntag. Wie gewohnt geht er an sein Weingestell und greift nach einem Roten. Halt! Bevor er die Flasche berührt, zieht er die Hand zurück. Er hat eine Sorte Weißwein und einen Rotwein. Wo stand die Flasche, die Oma aus dem Keller geholt hat? Er schaut sich um. Nichts. Einmachgläser voller Früchte, sauer Eingelegtes, Konfitüren, lauter eingefangene Köstlichkeiten für die Wintermonate.

„Wo bleibst du denn?", tönt Omas Stimme die Kellertreppe hinunter.

„Komme!" Opa dreht sich um und greift nach der Flasche, die er zuvor schon beinahe in der Hand gehabt hatte. Er geht die Holzstufen nach oben. Da sieht er unter der Treppe ganz hinten einen alten Jutesack liegen. Den hat er noch nie bemerkt. Seit wann der da liegen mag? Oma räumt doch immer alles auf? Es fällt auf, wenn er jetzt noch länger hier unten bleibt. Er geht hoch, zieht mit einem dumpfen „Plopp" den Korken und gießt sich einen Schluck ein. Er lässt den Wein im Glas kreisen und riecht gekonnt daran.

„Eine Spur zu kalt. Ich hätte ihn früher heraufholen sollen."

„Ja, was hast du dich denn auch heute in der Werkstatt herumgetrieben? Am Sonntag soll man nicht arbeiten."

Omas Anspielung muss er auf sich sitzen lassen, wenn er sich nicht verraten und den Sonntag nicht verderben will. „Du hast recht, Oma", bestätigt er sie. Er nimmt ein Schlückchen des Weines und kommentiert ihn mit: „Hervorragend."

Oma hat üppig aufgetischt. Man könnte meinen, es würden jeden Moment noch Gäste eintreffen. Opa zieht die Augenbrauen hoch: „Da hast du dir aber besonders viel Mühe gegeben, uns zu verwöhnen." Er räuspert sich. Beinahe hätte er *versöhnen* gesagt, ohne Absicht.

Nach dem Essen will Opa die leere Flasche von gestern in den Holzharass für das Altglas stellen. Sie ist weg. Die Flasche von heute ist nicht leer geworden. Er hat keinen Grund, nochmals in den Keller zu gehen.

„Kaffee und Dessert nehmen wir später, ich mag keinen Bissen mehr", sagt Oma und wendet sich dem Abwasch zu.

„Geht mir auch so." Opa trocknet das Geschirr ab. „Die Fritteuse stelle ich abends weg, wenn sie abgekühlt ist."

„Heute regnet es nur einmal", antwortet Oma.

Nanu? Wo war sie denn in Gedanken, dass sie ihm nicht geantwortet hat?, fragt sich Opa. Im selben Moment wummert eine Faust gegen den Scheuneneingang. Opas und Omas Blicke treffen sich.

„Ich gehe!", sagt Opa. Er wirft das Geschirrtuch über eine Stuhllehne und marschiert durch die Werkstatt zur Tür. Er reißt sie auf.

22. KAPITEL

„Hans? Was ist los? Komm herein."

Hans steht in zwei Schritten in der Scheune und schüttelt sich. Ohne Regenschutz oder Jacke steht er da.

„Komm weiter, wir gehen in die Werkstatt und ..."

„Nein, ich muss mit Hermine reden!", protestiert er. Ohne weitere Aufforderung stapft er in die Küche.

Oma starrt ihn an. „Was ist passiert, Hans?"

„Ich möchte wissen, was gespielt wird!"

„Setz dich und beruhige dich erst einmal." Opa packt ihn unmissverständlich von hinten an den Schultern und drückt ihn auf einen Stuhl. „Was ist los?", fordert er ihn heraus, und setzt sich ihm gegenüber. Verlegen trocknet sich Oma die Hände ab und setzt sich auf die Holzablage vor der Ofentür.

„Wovon redest du überhaupt?", beginnt sie zaghaft zu fragen.

„Jeder scheint etwas zu wissen, nur ich bin der Dumme! Der dumme Hans, mit dem kann man es machen!", posaunt er in den Raum.

Opa kann ihm nicht folgen. Er wirft einen Blick zu Oma. Ihr Gesichtsausdruck sieht nicht so unwissend aus. Gefasst kontert sie: „Geht es etwas genauer?"

„Gestern Abend ruft eine Frau Tanner bei uns an und stellt Hedna so komische Fragen. Sie sei angeblich vor einigen Jahren auf der Beerdigung ihres Schwagers gewesen, hätte sie herausgefunden. Hedna kannte diesen Kerl gar nicht. Aber jetzt kommt es! Sie hätte ein Paket in das offene Grab gelegt, das genau so aussah wie das, das auf unserer Polizeiwache anonym abgegeben wurde."

„Aber wie kommt diese Frau Tanner denn auf Hedna?", fragt Oma mit Unschuldsmiene.

„Frag nicht so unschuldig. Sie hat gesagt, sie kenne dich und sie wisse, dass wir Nachbarn seien. Außerdem hätte sie sich daran erinnert, dass jemand gesagt hätte, es sei eine Nachbarin von dir. Du hättest ihr gestern Morgen noch am Telefon gesagt, du könntest dich nicht daran erinnern. Aber das hat sie dir nicht abgekauft."

Opa: „Hans, das klärt sich ..."

Abrupt dreht sich Hans mit dem Stuhl zu Opa: „Wenzel! Hedna ist zusammengebrochen! Sie haben sie heute Morgen mit dem Krankenwagen abgeholt!" Hans schlägt sich beide Hände vors Gesicht und ringt um Fassung.

Wenzel steht auf, holt zwei Schnapsgläser und die Flasche „Fritzi". „Komm, nimm einen!", fordert er ihn auf und stößt mit ihm an. Beide stürzen den Eigenbrand von Fritz in einem Zug hinunter.

„Puh, ich bin ja einiges gewöhnt, aber woher hast du denn den?"

Opa schenkt nach: „Der gute Cousin Fritz. Der brennt noch richtiges Feuerwasser, was, Hans?" Und schon kippen beide das nächste Glas hinunter.

Opa wirft Oma einen verstohlenen Blick zu, als wollte er sie fragen, ob sie nun genug Zeit gehabt hätte, sich eine Antwort auszudenken oder mit der Wahrheit herauszurücken. Sie hat den Blick verstanden.

„Also, Hans, das mit Hedna tut mir inständig leid, glaub mir. Es war so: Diese Frau Tanner hat tatsächlich gestern Vormittag angerufen und mich danach gefragt. Aber damals, das war nicht Hedna. Es war Adelheid."

Hans starrt sie aus weit aufgerissenen Augen an. Opa schiebt ihm noch ein volles Glas zu. Seines füllt er nur halb. Hans lässt das Glas unberührt stehen.

„Woher soll Adelheid diesen Mann gekannt haben?"

Oma: „Ich weiß es nicht, Hans." Sie fährt fort: „Das Paket, das Adelheid damals dem Grab übergab, sah aus wie ein Bündel Briefe mit einer Schleife drum herum. Ich habe dem keine Bedeutung beigemessen. Als diese Frau Tanner damit anfing, dass die Polizei das Grab öffnen wolle, dachte ich mir, dass es besser ist, dass ich ihr nicht sage, dass Adelheid auf der Beerdigung war. Außerdem, nach so vielen Jahren sind diese Briefe längst vermodert. Ich wollte niemanden in unnötige Bedrängnis bringen. Deshalb habe ich ihr gesagt, dass ich mich nicht mehr erinnern könne." Stille.

Hans: „Und woher kanntest du diesen Kerl?"

Oma: „Er war zur selben Zeit in der Welschschweiz wie ich."

Hans: „Und woher sollte Magda den gekannt haben?"

Oma: „Das habe ich sie nie gefragt. Es war mir schon etwas peinlich bei der Beerdigung, das gebe ich ja zu."

Hans wendet den Blick zu Wenzel. Er sieht das gefüllte Glas und leert es in einem Zug. „Im Spital hat mir Hedna versichert, dass sie nichts damit zu tun hätte." Er seufzt tief. „Das Paket ist nicht ganz vermodert. Die Polizei hat festgeschnet… festgestellt, dass es sich um ein gleiches Paket handelt."

Der „Fritzi" wirkt, denkt Opa. „Arbeiten die übers Wochenende?"

Hans: „Die haben schon früher gebuddelt, die verla…, verla…, Mist, verdammten Bullen!", ruft er aus. „Die alte Schachtel kam erst jetzt aus dem Busch und hat herumtefloni… telefoniert."

„Meinst du, die Frau Tanner wusste schon, welchen Inhalt es hatte?", will Opa jetzt wissen.

Oma stockt der Atem. Ihr wird beinahe schwarz vor Augen.

Hans: „Ja. Gib mir noch einen."

Opa ist schockiert. Er kann Oma nicht anschauen, er schenkt nach. Sich auch. Hoffentlich reicht die Flasche.

Hans: „Was soll das alles bedeuten, Wenzel, higgs, tschlud… entschlud… du weißt schon, hä?" Schweigen. Schweigen.

Opa: „Sollen wir mit Magda reden?" Er wirft Oma unwillkürlich einen Blick zu. Kreidebleich und stocksteif hockt sie da.

Opa: „Kipp mir nicht auch noch um!"

Hans wirft seinen Kopf zurück. Mit dem Zeigefinger peilt er Oma direkt an. Mit voller Konzentration sagt er: „Du weißt etwas, Hermine! Rück raus damit!"

Sie bleibt standfest. „Hans, ich verstehe deinen Kummer. Aber glaube mir, ich weiß nicht, was Adelheid gemacht hat."

Hans: „Aber du weißt trotzdem was." Hans lässt die Hand auf sein Knie fallen und den Kopf hängen. Niedergeschlagen und wie ein Häufchen Elend hält er sich auf dem Stuhl.

Oma: „Ich mache uns einen Kaffee." Opa stellt den „Fritzi" weg. Langsam fängt sich Hans wieder. Schweigend trinken sie den Kaffee. Hans stochert mit dem Löffel in seiner leeren Tasse herum. Im Takt zu seinem Gestochere sagt er: „Und wie geht es jetzt weiter?"

Wenzel: „Entweder wir legen alle die Karten offen auf den Tisch, oder wir warten, bis die Polizei uns die Daumenschrauben ansetzt. Nur kann es dann zu spät sein, irgendetwas zurechtzubiegen, falls das überhaupt geht."

Hans richtet sich abrupt kerzengerade auf: „Weißt du denn was?"

Opa: „Mhm."

Hans schlägt mit der Faust auf den Tisch: „Raus damit! Ich will jetzt endlich wissen, was hier gespielt wird!"

Oma wird nervös. Opa sieht eine Chance, mit den Geheimnissen aufzuräumen. Nicht nur für ihn, auch für Oma.

„Ich bin dabei", sagt er und schaut ihr in die Augen. Sie spürt, dass er es ernst meint. Wenn sie jetzt nicht einlenkt, geht etwas zwischen ihnen kaputt. Sie senkt den Kopf und nickt: „Gut."

Opa bricht das Eis: „Die Kinder haben mit ihren Räubergeschichten geblufft. Peter erzählte etwas von einer geheimnisvollen Kiste mit kaltem Rauch und Geschenken darin, die er bei Magda entdeckt hat. Er hat sich da eingeschlichen aus purer Langeweile oder so. Aber die Kinder packte die Neugierde. Da ich am andern Tag wenig Zeit für sie hatte, gingen sie hin und holten bei Magda eines dieser Geschenke aus dieser Kiste, respektive Tiefkühltruhe, wie sich schnell herausstellte. Als sie damit zurückkamen, liefen sie mir direkt in die Arme. Ich machte ihnen klar, dass sie so etwas nicht tun dürfen und dass ich es zurückbringen werde. Ich versteckte das Paket für die Kinder unerreichbar. Dabei vergaß ich es selber. In der Zwischenzeit taute es auf. Nun war meine Neugier geweckt. Ich sah nach, was …"

„Was?", fährt ihn Hans an.

„Na ja, ich sah das Stück Menschenfle…"

„Du hast da schon gewusst, was es war?", fällt Hans Opa ins Wort. Hans dämmert es erst jetzt, dass Wenzel zu diesem Zeitpunkt von einer Leiche unter seinem Dach wusste. Er starrt ihn fassungslos an.

Opa: „Ja. So nahm der Spuk seinen Lauf. Mir fiel nichts Vernünftiges ein, und so legte ich das Paket der Wache vor die Tür."

Hans und Oma starren ihn sprachlos an. Nach einer Weile fährt Hans gedankenversunken fort: „Diese verfluchte Tiefkühltruhe in Magdas Stube. Hedna hat immer gesagt, wozu braucht die so eine große Truhe."

Opa: „Kam es euch nie in den Sinn, mal nachzusehen?"

Hans: „Hedna wollte das immer. Ich habe es ihr verboten. Magda hat das lebenslängliche Wohnrecht geerbt und ich habe stets gesagt, sie soll sie in Ruhe lassen. Aber jetzt?" Schweigen. Plötzlich bäumt sich Hans auf: „Wer zum Teufel ist denn diese Leiche?"

Oma und Opa fahren zusammen. Hastig wechseln sie ein paar Blicke.

„Beruhige dich, Hans." Opa fasst ihn am Handgelenk und zieht ihn auf den Stuhl zurück. Wie auf Kommando wenden beide Männer ihre Blicke zu Oma.

Sie senkt den Kopf und schaut auf ihren Schoß. Halblaut sagt sie: „Vielleicht weiß ich da etwas." Die Stimmung kippt von angespannt zu unerträglich vorwurfsvoll.

Opa in bestimmendem Ton: „Hermine, bitte!"

„Na ja, vielleicht muss nun mal alles raus." Sie atmet schwer. „Es war an einem heißen Sommertag. Das ist schon sicher dreißig Jahre her." Sie seufzt. „Da rief Adelheid, ich solle schnell kommen. Es sei etwas Schreckliches passiert. Du und Hedna wart auf dem Feld und Opa bei der Arbeit. Adelheid war völlig aufgelöst. Sie winkte mich in eure Scheune. Ich ging hoch. Sie zitterte am ganzen Leib. Dann deutete sie mit dem Finger auf den Boden. Und da ..." Oma schlägt sich beide Hände vors Gesicht. „Da lag er."

Hans: „Wer?"

Oma: „Dieser Mann."

Opa: „Was für ein Mann und wie lag er da ..."

„Dieser Knecht. Tot." Oma schluchzt in ihre Hände. Sie ringt nach Fassung. Stockend erzählt sie weiter: „Dieser Knecht, der euch half, als du noch Aktivdienst gemacht hast, Hans."

„Sie mochte ihn also doch", murmelt Hans vor sich hin.

Oma: „Ich glaube schon."

Unbarmherziges Schweigen. Totenstille.

Hans, ungewöhnlich nachdenklich: „Jürg, ein blonder Schönling. Hat Hedna ziemlich den Kopf verdreht. Für zwei Aktivdienste ist er bei uns Knecht gewesen. Danach war ich fertig mit dem Militär. Er ist danach nie wieder ..."

„Doch ... einmal." Oma schaut Hans mitleidig an. „Eben an diesem heißen Sommertag."

Hans schaut sie prüfend an. Ganze Mühlräder beginnen sich in seinem Kopf zu drehen.

„Oma, was ist geschehen?", fragt Opa aufgeregt.

„Da lag er auf dem Scheunenboden. In seiner Brust steckte eine abgebrochene Gabel von einem Heuwender. Das Blut quoll aus seiner Brust. Grässlich! Ich kriege dieses scheußliche Bild nicht mehr aus meinem Kopf." Oma vergräbt erneut ihr Gesicht in ihren Händen. Dann erzählt sie weiter: „Adelheid sprach von einem Unfall. Sie sagte ständig: Es war ein Unfall. Ich wollte nicht wissen, wie es sich zugetragen hat. Diese zwei Zinken steckten ziemlich tief ..." Sie schluckt, als müsste sie eine bittere Pille hinunterwürgen. „Adelheid fuchtelte wild gestikulierend um sich und schrie die ganze Zeit: ‚Was sollen wir tun? Es war ein Unfall!' Ich versuchte Haltung zu bewahren. Nachdem ich sie beruhigen konnte, entschlossen wir uns, dass wir ihn wegschaffen sollten, um Zeit zu gewinnen. Wir schauten uns um. Adelheid deutete auf das hintere Ende der Scheune. Da fanden wir die alte Sämaschine. Es lagen noch andere kaputte Teile von Maschinen herum. Der längliche Saatgutbehälter der Maschine schien uns passend. Aber wir wussten nicht, wie wir ihn da hoch bekommen sollten. Ratlos standen wir da. Adelheid fing sich plötzlich und war wie ausgewechselt. Sie wurde ganz sachlich. Sie bemerkte, dass wir die Heuwendegabel aus der Brust entfernen müssen, weil wir sonst den Deckel der Saatgutmaschine nicht zubekommen würden. Keine von uns brachte den Mut auf, ihn anzufassen und es zu tun. Bevor wir eine Lösung finden konnten, passierte es."

Pause. Stille. Schweigen.

Oma seufzt schwer: „Er stand plötzlich vor uns."

Hans: „Wer?"

Oma: „Dieser Futtermittelvertreter."

Hans: „Das sieht dem ähnlich!"

Oma: „Wir haben ihn nicht kommen hören. Er stand einfach vor uns. Was muss der für Rückschlüsse gezogen haben. Wir zwei Frauen, vor uns eine blutüberströmte Leiche, das Mordinstrument steckt noch in ..." Oma hält inne.

Opa schaut Hans an. Vorsichtig fragt er ihn: „Du weißt, wen sie meint?"

„Hm! Dieser schmierige Lump!", entfährt es Hans mit einer abfälligen Geste. „Der kam immer dann vorbei, wenn er genau wusste, dass die Bauern auf dem Feld waren, und dass er höchstens eine Magd oder sonstige Dienstangestellte antraf. Dieser windige Hund, dieser Hirsch!"

„Hirsch?", fragt Opa gedehnt.

„Ja, Hirsch! Der hat jeden Rock besprungen, der nicht auf drei auf einem Baum war, Saukerl der! Wir nannten ihn nur Johnny Hirsch!"

„Johnny Hirsch?", wiederholt Opa.

„Dieser Angeber! Er heißt eigentlich Alfred Hirsch. Aber er hatte ein großes Vorbild. Das war dieser Deutsche …, ähm, Hans Hirsch. Ein Auswanderer, der seinen Namen schlicht ins Englische übersetzte."

„Moment, Hans", wendet Opa ein, „Hans Hirsch, sagtest du, Hans Hirsch?"

„Ja, wieso?"

HH, denkt Opa. „Nur so", wendet er ein und denkt an das Foto und die Aufschrift: *Zur Erinnerung an „HH"*.

Hans fährt fort: „Hans Hirsch, auf Englisch *John Deere*. Gründete eine bekannte Traktorenmarke. Hat sein Geld drüben gemacht in den Staaten. Und der Aufschneider Johnny Hirsch wollte auch so ein Millionär werden."

Opa schießt das Bild der Metallkiste durch den Kopf. Er ahnt einen Zusammenhang. Die Aufschrift *John Deere*. Wie zum Henker kommt die unter die alte Werkbank vom Onkel? Und was ist da drin?

Bevor er klar denken kann, fährt Hans weiter fort: „Und wozu hat er es gebracht? Zum Futtermittelvertreter. Der Spinner! Diesen Johnny Hirsch hätte mal einer aufspießen sollen!", erregt sich Hans und schlägt mit der Faust auf den Tisch.

Pause.

Opa schaut Oma in die Augen. „Erzähl weiter. Was geschah dann?"

Oma fällt das Reden nun etwas leichter: „Zuerst hat er uns von Kopf bis Fuß gemustert. Adelheid hat ihm sofort gesagt, dass es ein Unfall war. Er deutete mit dem Kopf auf mich und sagte geringschätzig: ‚Und was sucht die hier? Wer ist das überhaupt?' Adelheid erklärte ihm, dass ich ihre Nachbarin sei und ihr helfen würde, das Richtige zu tun. Spöttisch lachte er, dass wir zwei Frauenzimmer bestimmt nichts richtig fertigbringen würden. Er tat so weltmännisch, dass er schon wüsste, wie man mit einer solchen Situation umzugehen hätte. Er hat uns versprochen, dass er sich darum kümmere, wenn für ihn etwas dabei herausspringe."

„Erpresserschwein!", faucht Hans.

„Dabei meinte er Adelheid, nicht mich!" Sie schaut Opa mit einem Unschuldsblick an. „Adelheid willigte ein …"

„Sie konnte doch gar nicht anders!", entschuldigt Hans seine Schwester.

Oma will es hinter sich bringen und erzählt weiter: „Er ist ein kräftiger Mann. Er holte aus seinem Auto eine Metallkiste. Darin führte er seine Futtermittelprospekte mit sich. So eine grüne mit gelb. Die Prospekte kippte er in den Kofferraum. Dann …", Oma schüttelt angewidert den Kopf, „dann stand er mit einem Fuß auf dem Knecht und zog mit beiden Händen die Metallzinken aus der Brust. Er warf sie in die Metallkiste."

Opa durchzuckt ein schreckliches Gefühl. Ob Unfall oder Mord, das Tatwerkzeug liegt in diesem Moment gleich ein paar Meter neben ihnen. Er schluckt schwer. Er versucht, sich nichts anmerken zu lassen.

Oma windet sich und fährt fort: „Dann zog er ihm den Gürtel aus, nahm ihm die Armbanduhr ab, zog die Brieftasche und sonst noch ein paar Dinge aus den Hosentaschen, und warf es neben diese grün-gelbe Metallkiste." Oma schluckt, faltet ihre Hände wie zu einem Gebet, bis die Fingerknöchel weiß sind. Dann würgt sie aus sich heraus: „Zu dritt hievten wir die Leiche hoch und verstauten sie in der Sämaschine." Sie schluckt nochmals und entspannt sich ein wenig.

Opa kann sich nicht wehren. Er sieht vor seinem geistigen Auge die Hände, die er glaubt zu kennen. Die für ihn da sind und ihn so oft liebkost hatten und …, und die mit einer Leiche zu tun hatten. Ein unbekanntes Gefühl der Entfremdung beschleicht ihn. Er weiß nicht, wie viel er von den Ausführungen von Oma verpasst hat. Er hört, wie sie fortfährt: „Mich forderte er auf, Sägemehl auf das Blut auf dem Boden zu streuen. Adelheid musste eine Schubkarre, Schaufel und Besen holen. Das blutdurchtränkte Sägemehl brachte ich in unsere Werkstatt und verbrannte es im kleinen Ofen. Draußen war ja Feuermachen amtlich verboten, wegen der Brandgefahr bei diesem lang anhaltenden, trockenen Wetter."

Opa wird es übel. Er kann seine Gedanken kaum noch kontrollieren. Plötzlich fantasiert er: Wenn sein Ofen reden könnte, wie viele Leute würde er hinter Gitter bringen? Es würgt ihn. Er greift zur Flasche „Fritzi" und gießt sich und Hans, ohne ihn zu fragen, ein.

Oma gönnt den Männern die kleine Verschnaufpause. Dann erzählt sie weiter: „Als ich zurückkam, schrubbte Adelheid den Boden. Zwischen den beiden musste etwas vorgefallen sein, denn er grummelte vor sich hin und zog demonstrativ den Gürtel außen um die Metallkiste herum, sodass die Gürtelschnalle von vorne gut zu sehen war. Die anderen Sachen waren weg, wahrscheinlich hatte er sie in der Kiste verstaut. Er stopfte die Metallkiste unter die Ersatzteile und was da noch so herumlag. Schweißgebadet sagte er, dass er tags darauf wiederkommen werde und ‚den da', er machte eine verächtliche Kopfbewegung zum Saatgutbehälter hin, aus der Welt schaffen werde. Ich ließ die beiden stehen und ging. Ich zeigte mich mehrere Tage nicht, mir war so speiübel."

Totenstille. Betretenes Schweigen.

Hans spekuliert: „Wenn der am anderen Tag zurückgekommen ist, dann hat er mit Magda die Leiche weggeschafft. Zum Zerstückeln könnten sie in der alten Waschküche neben dem Schopf die Utensilien von Vater genommen haben. Magda wird dem Hirsch erzählt haben, dass Vater während des Krieges dort schwarz geschlachtet hat. Alles, was sich nicht zersägen ließ, hat er dem armen Kerl ja abgenommen. Johnny Hirsch, der Leichenmetzger. Zutrauen würde ich das diesem Mistkerl allemal."

Opa hört Hans zu. Plötzlich beschleicht ihn ein Sympathiegefühl für Adelheid und er sagt: „Vielleicht hat Adelheid die Teile erst viel später so verpackt. Was hat sie wohl dazu bewegt, *ihn* wegzugeben?"

Oma findet es sonderbar, dass Opa und Hans, jeder auf seine Weise Verständnis für Adelheid oder Magda aufbringen. Keiner wagt es, sie zu verurteilen. Keiner fragt, wie oder warum es geschah.

Oma empfindet die Luft in der Küche gedankenverhangen und schwer wie Blei. Stille.

23. KAPITEL

Plötzlich durchbricht Opa die Stille. Mit Unschuldsmiene fragt er Oma: „Liegt diese Metallkiste mit den Beweismitteln immer noch in der Scheune bei Hans?"

„Also das mit der Kiste", beginnt sie, „war so. Vor etwa fünfzehn Jahren kamen Adelheid und er zu mir. Er hatte diese Kiste unter dem Arm, mit der Gürtelschnalle vorne. Ich brach fast zusammen, als die beiden vor mir standen und keine Anstalten machten, sie zu verhüllen." Oma atmet tief durch. „Sie baten mich um ein sicheres Versteck. Bis dahin lag sie bei euch in der Scheune." Sie schaut Hans an. „Aber dann", fährt sie fort, „wolltest du dieses Heugebläse einbauen lassen. Adelheid wusste nicht, ob du die ganze Scheune ausräumst. So musste die Kiste weg."

„Die *John-Deere*-Metallkiste unter Onkels Werkbank", kommentiert Wenzel halblaut.

Oma erschrickt. Jetzt weiß sie, wieso er die alte Werkbank so plötzlich restaurieren wollte: Er hat die Kiste entdeckt. Sie geht in Gedanken zurück und erzählt weiter: „Adelheid wusste, dass Opa und du, Hans, die Werkbank nach vorne gezogen habt, weil sie voll von Schmierfett war, und Opa sie reinigen wollte. Und da die alte Werkbank von deinem Onkel", sie schaut zu Opa, „nie benutzt wurde, sagte ich zu ihm, er könne sie da unten verstauen. Du würdest deine Werkbank davorschieben, sobald sie geputzt ist, und niemand würde sie entdecken. Er hatte eine Dose und einen Spachtel dabei und meinte verächtlich, dass er die hübsche Kiste ankleben werde, damit ich nicht auf dumme Gedanken kommen würde. Was wir hervorgezogen haben, schoben wir vor die Kiste und verdeckten sie."

Schweigen. Hans blickt ins Leere. Opa sieht ihn an. Er kann nicht erkennen, wo Hans in Gedanken ist. Er kann nicht einschätzen, was er realisiert. Was in ihm vorgeht.

Betretenes Schweigen. Hans schüttelt immer wieder den Kopf, ohne einen Laut von sich zu geben.

Es dauert Minuten, bis Oma den Faden wieder aufgreift. „Er war erst vor einigen Monaten wieder hier. Er besuchte Adelheid."

Opa unterbricht sie: „Hat er die Fritteuse zurückgebracht?"
Oma nickt.

Jetzt endlich reagiert auch Hans wieder: „Traut sich der Mistkerl immer noch hierher?"

Oma: „Er will Adelheid im Auge behalten, hat er gesagt. Sie wird ja immer komischer und hat angefangen, auf wildfremde Beerdigungen zu gehen."

„Was?", entfährt es Hans.

„Aber das muss euch doch auch aufgefallen sein, Hans. Dir und Hedna." Oma wird ungeduldig. Dass ihr die komplette Unschuld vorgespielt wird, missfällt ihr zunehmend. Nach einer Weile redet Oma weiter: „Er hat Adelheid zufällig einmal auf einer Beerdigung getroffen. Weit weg von hier, und er wusste, dass Adelheid die Verstorbene nicht gekannt haben konnte. Ich weiß nicht, woher er das wusste. Aber er war sich ganz sicher. Da hat sie auch ein Geschenkpaket mit einem roten Band ins Grab gelegt."

Die beiden Männer sitzen wie gelähmt da.

„Er kam dann auch einmal bei mir vorbei. Er brachte mir ein paar Flaschen Wein und wollte mich einschüchtern. Ich sollte Adelheid davon abhalten, Geschenke in fremde Gräber zu werfen. Ich fragte ihn, was für Geschenke? Da wurde er ganz blass. Es muss ihm gedämmert haben, dass ich nicht Bescheid wusste, was sie mit der Leiche angestellt haben. Er redete sich dann heraus und stotterte etwas von verhängnisvollen Liebesbriefen, eingehüllt in Geschenkpapier und umwickelt mit einem roten Band. Ich wusste nicht, was er damit meinte. Er ist mir unheimlich. Ich stellte ihm keine weiteren Fragen, sodass er schneller wieder ging."

Mit einer gewissen Bewunderung in der Stimme meint Opa: „Sie hat einfach angefangen, die tiefgefrorenen Leichenteile in alle Windrichtungen in fremde Gräber zu verteilen? Clever." Plötzlich fällt ihm die ausgeschnittene Todesanzeige mit dem Unfalltod eines jungen Mannes aus dem Zürcher Oberland wieder ein …

Hans schüttelt es. „Wie konnte es nur so weit kommen?", murmelt er vor sich hin.

Minuten vergehen. Opa resümiert in Gedanken, ob es für ihn noch offene Fragen gibt. Da! Er ist hellwach. Er schaut Oma an: „Und was ist mit dem Foto dort in der Schublade?"

Oma weiß im Moment nicht, was er meint. Sie kann seinem Gedankensprung nicht folgen. Er dreht sich um, zieht die Schublade raus und fingert das Foto aus dem Stapel Postkarten. Oma wirft ihm einen verärgerten Blick zu. Sie steht von der Bank vor der Ofentür auf und kommt an den Küchentisch. Sie will das Foto nehmen, aber Hans ist schneller. Anscheinend nüchtert er schneller aus als andere, denkt Opa.

Hans mustert das Foto: „Das ist der Hof von den Eltern von Jürg, dem Knecht."

Opa ist verdutzt: „Woran erkennst du das?"

„Mh", zögert Hans, „es hat mich gewundert, dass er nie mehr aufgetaucht ist. Immerhin ist er ...", er schiebt die vollständige Erklärung hinaus. Dann, mit viel Überwindung: „Er ist ..., der Erzeuger von Ursula."

Er wartet die Reaktion der beiden ab. Oma setzt sich auf einen Küchenstuhl. Kein Kommentar.

Hans deutet das gemeinsame Schweigen seiner Nachbarn so, dass sie Bescheid wussten. Er wollte nicht wissen, seit wann und woher. Er meint: „Ich wollte einfach mal wissen, woher er ist. Aber ich habe mich bei seiner Familie nicht gemeldet. Ich ..., ach, das ist jetzt auch egal. Ich habe es halt nicht getan, fertig!", schließt er abrupt. Geschickt wendet er das Foto zwischen zwei Fingern: *„Zur Erinnerung an ‚HH'"*, liest er laut vor. „Das Foto hast du von Johnny Hirsch." Die Stimme von Hans klingt frisch und forschend, als wolle er jetzt der Sache auf den Grund gehen, was er vor Jahren versäumt hat. „Dieser Hirsch hat nichts ausgelassen, damit er mit sauberen Händen dasteht, wenn etwas herauskommt. Er bewundert Hans Hirsch immer noch. ‚HH'. Karriere in Amerika als *John Deere*. Der saubere Alfred Hirsch. Futtermittelvertreter! Angeber, der nur kalifornische Weine trinkt und von Amerika träumt." Er blickt auf und schaut Wenzel direkt in die Augen.

Opa fällt es wie Schuppen von den Augen. Und dann der kalifornische Wein. Natürlich. Den goldenen Schriftzug hat er schon gesehen, wenn Magda leere Flaschen entsorgt hat. Er hat sich noch gewundert, warum sie diese selber wegbringt. Alles andere Glas gibt sie zusammen mit dem Glas von Hedna weg. Hans macht jeweils die Runde mit dem Traktor. In der Nachbarschaft füllt jeder seine Flaschenkiste. Hans sammelt sie ein und bringt sie weg. Nur diesen kalifornischen Wein ..., was hat Magda wohl alles durchgemacht? Ist ihr auffälliges Benehmen ein Schrei nach Aufmerksamkeit? Oder ein Hilferuf? Er tippt sich mit dem Zeigefinger an die Nase. Bedrückendes Schweigen.

Hans beginnt sich ein Bild zu machen. Gedankenversunken schaut er auf das Foto, das er leicht wippend zwischen seinen Fingern hält. „Johnny Hirsch hat also Magda geholfen, die Leiche zu zerstückeln. Magda muss sie erst später hübsch verpackt und wieder in die Tiefkühltruhe zurückgelegt haben, wie du es, Wenzel, vermutet hast. Sonst würde man ja Blut auf dem Geschenkpapier sehen. Wenn der miese Kerl Magda öfter besucht und sie für seine Zwecke missbraucht hat, dann hat er bestimmt davon gewusst. Sonst wäre er nicht nervös geworden, als er sie ertappt hat, wie sie ein solches – sagen wir mal – Geschenk – begraben hat. Aber der Dreckskerl hat auch herausgefunden, wie der Knecht hieß und wo seine Eltern wohnen. Damit hatte er ein zusätzliches Druckmittel in der Hand. Das hat er auch gegen dich ausgespielt." Er schaut Oma durchdringend an.

„Mhm", nickt sie, „er hat es mir zugesteckt, als wir die Metallkiste unter der Werkbank verstaut hatten. Er hat noch gesagt, er wisse alles."

„Was meinst du mit ‚alles'? Weiß er, ob es ein Unfall war oder Mord?", fragt Opa.

Hans wendet sich bewusst und auffällig Opa zu. „Weißt du, Wenzel, Magda war immer etwas anders. Ich erinnere mich vor allem an eine Geschichte. Als wir Kinder waren, erhielt ich zu Weihnachten einen Teddybär und Adelheid eine hübsche Puppe."

Opa trifft es wie ein Pfeil ins Herz. Zum ersten Mal nennt Hans seine Schwester beim richtigen Namen in einem sehr liebevollen Ton.

Hans erzählt weiter: „Sie wurde furchtbar wütend. Sie wollte den Teddybär haben. Am zweiten Weihnachtsfeiertag fand Vater die Puppe in der Jauchegrube, und meinem Teddy fehlten beide Augen."

Betretenes Schweigen.

Hans: „Alles, was meine Mutter dazu sagte, war: ‚Wie soll das bloß enden?'. Ich denke oft an ihre Worte."

Lang anhaltendes Schweigen.

Mit vibrierender Stimme fügt Oma hinzu: „Adelheid hätte all die Jahre eine gute Freundin gebraucht. Ich war ihr keine."

Opa fährt sich mit der Hand über das Kinn: „Was machen wir nun?"

Hans zieht sein Taschentuch aus der Hose und schnäuzt sich geräuschvoll. „Hast du noch einen von deinem „Fritzi"?"

„Klar." Opa dreht sich um. Auf der Buffetablage steht die Flasche. Das könnte knapp werden. Er geht in die Stube und holt eine volle. Er gießt ein. Hans schiebt die leere Kaffeetasse beiseite und kippt den Schnaps in sich hinein. Opa schenkt beiden nach.

Hans hält das Glas fest in seiner Hand und blickt auf. Bestimmt und überzeugt konstatiert er: „Ich habe zwar eine Unordnung in der Scheune. Aber tödlich verletzen kann man sich da nicht. Soll die Polizei alles selber herausfinden. Wofür bezahlen wir Steuern?" Mit Genugtuung schluckt er den Hochprozentigen und atmet erleichtert aus. Dann steht er auf. Nicht ganz sicher auf den Beinen meint er: „Jetzt mache ich ein Nachmittagsschläfchen, und dann besuche ich meine Hedna im Spital, bevor es in den Stall geht."

„Wir wünschen ihr gute Besserung", sagt Oma, „grüß sie recht herzlich von uns."

„Mache ich."

Wenzel begleitet ihn hinaus und klopft ihm zum Abschied auf die Schultern.

Oma räumt die Küche auf. Opa setzt sich wieder und stopft sich eine Pfeife. Still sitzen beide da und schauen sich in die Augen. Irgendwann bricht Oma die Stille: „Ich glaube, wir nehmen das Dessert als Abendessen."

„Ist mir recht."

Den kurzen Rest des Sonntages verbringen sie in der Stube. Opa schläft auf der Couch ein. Oma strickt. Zum Abendessen gibt es das verspätete Dessert.

„Mir ist es wohler, seit diese Dinge ausgesprochen sind", beginnt Oma.

„Geht mir auch so."

„Was meinst du, wird Hans das alles Hedna erzählen?", fragt Oma vorsichtig nach.

„Solange es ihr nicht besser geht, kaum. Danach sicher."

„Wird er mit Adelheid reden?"

„Die beiden verbindet etwas Sonderbares. Er hat sie immer in Schutz genommen. So wie ich Hans kenne, wird er ein gutes Dutzend Gründe finden, wieso sie so gehandelt hat. Er hat noch nie etwas auf sie kommen lassen."

„Hätte ich ihr doch bloß einmal richtig zugehört." Nach einer Weile fügt sie hinzu: „Und du? Was machst du mit Onkels Werkbank?"

„Wie Hans gesagt hat. Mal sehen, ob die Polizei dahinterkommt."

Viel zu reden gibt es heute Abend nicht. Beide hängen ihren Gedanken nach. Was wäre gewesen, wenn …?

24. KAPITEL

Am Montagmorgen hängt der Nebel wie eine Milchsuppe zwischen den Häusern. Opa und Oma sind kaum fertig mit dem Frühstück, als sie lautes Gerede hören. Opa nimmt den letzten Schluck Kaffee aus seiner Tasse und steht auf. Schnurstracks läuft er in die Stube. Oma folgt ihm. Auf dem Hinterhof steht bereits ein Polizeiauto. Hans steht unten neben dem Stall, fast auf gleicher Höhe wie Opa und Oma in der Stube. Beide Hände in den Hosentaschen, beobachtet er das Geschehen. Ein Polizist ruft ihm etwas zu. Hans zuckt mit den Schultern. Vorsichtig greift Opa unter dem Vorhang durch und öffnet das Fenster einen Spalt, damit sie etwas verstehen können. Ein weiterer Polizist schreitet zwischen dem Bauernhaus und der Scheune auf Hans zu.

„Jetzt unternehmen Sie endlich etwas!", zischt er ihn an.

Hans rührt sich nicht. Noch ein Uniformierter taucht oben auf der Treppe auf. Mit dem Schuh stupst er Zita an. Dann bückt er sich. Stupst sie nochmals an.

„He, Chef, der Köter ist hinüber!"

Der Polizist auf dem Platz schaut zu Hans: „Los! Gehen Sie schon und decken sie den Hund mit einem Sack zu oder so."

Hans bleibt stur stehen. Jetzt taucht einer in einem Schutzanzug auf. „Sollen wir das Zeug hier hinten herausbringen? Es ist wegen der Presse und den Gaffern auf der Vorderseite des Hauses."

„In Ordnung." Dann weist er einen anderen an, den Transporter von der Vorderseite des Hauses auf die Rückseite zu fahren. Dazu muss ein anderer zuerst das Polizeiauto umparken. Er lässt es im Leerlauf hinunterrollen und stoppt es am Gartenzaun von Junkers. Oma greift nach Opas Hand und drückt sie fest. Opa erwidert ihren Händedruck. Jetzt tauchen noch zwei Männer in Schutzanzügen auf. Sie tragen zu zweit große Boxen heraus und laden sie in den Transporter.

Lautstark brüllt einer: „Kann nicht jemand den Hund wegnehmen? Ich bin fast über das Viech gestolpert!"

„Der ist auch tot. Kannst ihn ja auch mitnehmen!", spottet ein Polizist.

„Blödmann!"

„Ruhe! Bleibt gefälligst sachlich, meine Herren!", posaunt der auf dem Platz. Es scheint eindeutig der Chef zu sein. Jetzt ruft er zu Hans: „Wird's bald? Schaffen Sie den Hund weg!"

Hans denkt nicht im Traum daran. Die Sonne vertreibt den Nebel. Hans hebt den Kopf und lässt sich von ihr blenden. „Das schöne Wetter passt zu dieser Geschichte", sagt er so, dass es alle hören können.

Opa und Oma zucken zusammen. Oben auf der Treppe kommt Adelheid heraus. Ein Polizist führt sie. Bei Zita bleibt sie stehen, bückt sich und krault ihr den Kopf. Angewidert dreht sich der Beamte leicht weg, ohne sie loszulassen. Adelheid ist anständig und hübsch angezogen, nicht geschminkt und ohne Hut, Stöckelschuhe und Tasche. Sie sieht adrett und gepflegt aus.

Oma kann sich kaum zurückhalten. „Schön, dass sie sich uns so in Erinnerung behalten lässt", würgt sie leise und tief gerührt aus sich heraus. Ohne zu schluchzen laufen ihr die Tränen wie zwei Bäche übers Gesicht.

Adelheid lässt sich die Treppe hinunterführen. Kein Widerstand. Sie wirkt gelöst und erleichtert. Hans schenkt sie einen langen, stummen Blick. Stolz erwidert er ihn und nickt ihr bejahend zu. Dann wird sie ums Haus herum abgeführt. Die Männer entledigen sich ihrer Schutzanzüge und starten den Transporter. Rückwärts fahren sie um die obere Hausecke zurück auf die Straße. Zwei Polizisten und der Chef nehmen den Polizeiwagen vor dem Zaun, nachdem sie versucht haben, Hans Auf Wiedersehen zu sagen. Der rührt sich nicht. Seine Hände lässt er in den Hosentaschen vergraben.

Er bleibt wie angewurzelt stehen, bis alle Fremden den Hof verlassen haben. Dann geht er in die Scheune und kommt mit einem alten Leinentuch wieder heraus. Er geht die Treppe hoch und wickelt Zita darin ein. Dann trägt er sie würdevoll in die gegenüberliegende alte Waschküche.

Opa lässt die Hand von Oma los und schließt das Fenster. „Lassen wir Hans in Ruhe. Der braucht jetzt niemanden."

Ohne zu fragen, stopft er sich eine Pfeife in der Stube und setzt sich auf die Ofenbank. Oma sinkt auf die Couch. Nach einer gefühlten Ewigkeit steht sie auf und bringt den Haushalt in Ordnung. Opa sieht den Postboten kommen und geht hinaus.

„Hier! Hier ist Ihre Post, Herr Junker. Was war denn da bei Ihrem Nachbarn los?", bestürmt er ihn.

„Keine Ahnung, was Sie meinen. Bin soeben erst aufgestanden." Opa nimmt die Post, wirft einen Blick zum Hof hinauf und sieht, wie Hans die Treppe ins Haus hinaufgeht. Er grüßt ihn winkend und verschwindet durch sein kleines Scheunentor. Den Postboten lässt er stehen, als würde er nicht existieren.

Er blättert die Post durch. Ein rosarotes Kuvert mit dunkelroter Schrift fällt ihm sofort auf. Er geht in die Küche: „Schau,

Oma!" Er streckt ihr den Umschlag entgegen. Oma wischt sich die Hände an der Schürze ab und greift nach dem Umschlag. Sie öffnet ihn.

„Oh! Peters Schwester heißt Ur...", sie hält kurz inne und sagt dann erleichtert: Ursina." Opa setzt sich an den Küchentisch und stopft sich noch eine Pfeife. Oma setzt sich zu ihm. Opa lässt die Zeitung auf den Tisch sinken. „Was wohl morgen darüber berichtet wird?" Dann sinniert er weiter: „Besitzt der Mensch überhaupt die Fähigkeit, einen anderen Menschen wirklich zu kennen?"

Bewerten Sie dieses Buch auf unserer Homepage!

www.novumverlag.com

Die Autorin

Die Autorin Verena Huber wurde 1960 im Schweizer Kanton Thurgau geboren. Trotz mehrerer Ausbildungen (z. B. als Verkäuferin, Detailhandelsangestellte, Audio-Visions-Assistentin) holen sie ihre Hobbies immer wieder ein. Mit diesem Roman gibt sie ihrer Schreibleidenschaft eine Chance, an die Öffentlichkeit zu kommen.

novum VERLAG FÜR NEUAUTOREN

Der Verlag

„ *Wer aufhört besser zu werden, hat aufgehört gut zu sein!*

Basierend auf diesem Motto ist es dem novum Verlag ein Anliegen neue Manuskripte aufzuspüren, zu veröffentlichen und deren Autoren langfristig zu fördern. Mittlerweile gilt der 1997 gegründete und mehrfach prämierte Verlag als Spezialist für Neuautoren in Deutschland, Österreich und der Schweiz.

Für jedes neue Manuskript wird innerhalb weniger Wochen eine kostenfreie, unverbindliche Lektorats-Prüfung erstellt.

Weitere Informationen zum Verlag und seinen Büchern finden Sie im Internet unter:

www.novumverlag.com